John Cheever

Im Schatten der Ginflasche

Stories

Deutsch von Lore Fiedler,
Jürgen Manthey, Peter Naujack

rororo

Rowohlt

Lore Fiedler übersetzte «Der Schwimmer» und «Der Einbrecher von Shady Hill», Jürgen Manthey «Im Schatten der Ginflasche» und Peter Naujack «Das grauenvolle Radio».

Veröffentlicht im
Rowohlt Taschenbuch Verlag GmbH,
Reinbek bei Hamburg, Januar 1996
Die Erzählungen der vorliegenden
Ausgabe wurden dem Band
«Der Schwimmer» entnommen.

Aus dem Originalband «The Stories of John Cheever»,
erschienen 1978 bei Alfred A. Knopf, New York,

Umschlaggestaltung Walter Hellmann/Beate Becker
(Foto: Jauch und Scheikowski)
Satz Sabon (Linotronic 500)
Gesamtherstellung Clausen & Bosse, Leck
Printed in Germany
200-ISBN 3 499 22013 x

Inhalt

Das grauenvolle Radio

Jim und Irene Westcott schienen jenen zufriedenstellenden Durchschnitt von Einkommen, Strebsamkeit und Ansehen erreicht zu haben, der in den Mitteilungsblättern ehemaliger Collegestudenten statistisch errechnet wird. Sie hatten zwei Kinder, waren neun Jahre verheiratet, wohnten im zwölften Stock eines Mietshauses in der Nähe von Sutton Place, gingen durchschnittlich 10,3mal im Jahr ins Theater und hofften, eines Tages in Westchester leben zu können. Irene Westcott war eine nette, unauffällige junge Frau mit weichem braunem Haar und einer wohlgeformten hohen Stirn, auf der noch nichts seine Spuren hinterlassen hatte; bei kaltem Wetter trug sie einen auf Nerz gefärbten Iltismantel. Jim Westcott war siebenunddreißig, und wenn man auch nicht behaupten konnte, daß er jünger aussah, so schien er sich doch erheblich jünger zu fühlen. Sein Haar, das schon einen grauen Schimmer zeigte, war sehr kurz geschnitten, und er kleidete sich, wie er es als Collegestudent in Andover getan hatte. Er war ein ernster Mensch, temperamentvoll und absichtlich naiv. Die Westcotts unterschieden sich von ihren Freunden, von den Leuten ihrer Gesellschaftsschicht und den Nachbarn nur durch ihr gemeinsames Interesse für klassische Musik. Sie besuchten sehr viele Konzerte – obgleich sie es anderen gegenüber selten erwähnten –, und sie saßen oft vor dem Radio, um Musik zu hören.

Ihr Rundfunkgerät war ein alter Kasten, unberechenbar und nicht mehr zu reparieren. Keiner der beiden verstand etwas von Radiotechnik und kannte sich mit den anderen elektrischen Geräten in ihrem Haushalt aus, und wenn der Empfang schlechter zu werden begann, schlug Jim einfach mit der flachen Hand gegen die Seitenwand des Gehäuses. Manchmal half das. An einem Sonntag nachmittag, mitten in einem Quartett von Schubert, verstummte der Apparat ganz und gar. Jim bearbeitete ihn mit Schlägen, aber nichts rührte sich – das Schubert-Quartett war für sie endgültig verloren. Er versprach Irene, ein neues Radio anzuschaffen, und als er am Montag von der Arbeit kam, berichtete er, daß der Kauf bereits perfekt sei. Da es eine Überraschung für Irene werden sollte, weigerte er sich, den Apparat zu beschreiben.

Das Radio wurde am nächsten Tag an der Küchentür abgeliefert, und mit Hilfe des Stubenmädchens und des Hausmeisters packte Irene es aus und trug es ins Wohnzimmer. Die häßliche Form des riesigen Gehäuses aus Eukalyptusholz stieß sie sofort ab. Irene war stolz auf ihr Wohnzimmer; sie hatte die Möbel und die Farben mit der gleichen Sorgfalt ausgewählt, die sie auf ihre Kleidung verwandte, und in dieser harmonischen Umgebung kam ihr das neue Radio wie ein feindlicher Eindringling vor. Verwirrt betrachtete sie die vielen Skalen und Knöpfe, und erst nach geraumer Zeit wagte sie, den Stecker in die Dose zu stecken und das Gerät einzuschalten. Die Skalen erstrahlten in einem bösartigen grünen Licht, und in der Ferne war ein Klavierquintett zu hören. Die Musik blieb nicht lange so leise; schon im nächsten Augenblick brach sie mit mehr als Lichtgeschwindigkeit über Irene herein und füllte die Wohnung mit derart verstärkten Tonschwingungen, daß eine Porzellanfigur vom Tisch gehauen wurde. Irene stürzte zu dem Gerät und stellte es leiser. Die gewaltigen Kräfte, die in dem häßlichen Eukalyptusgehäuse eingeschlossen waren, beunruhigten sie. Bald darauf kamen ihre Kinder aus der Schule, und sie ging mit ihnen in den Park. Erst am späten Nachmittag fand sie wieder Zeit, sich mit dem Radio zu befassen.

Das Mädchen hatte den Kindern zu essen gegeben und beaufsichtigte sie beim Baden, als Irene das Radio andrehte, die Lautstärke regelte und sich hinsetzte, um ein Quintett von Mozart zu hören, das sie kannte und sehr schätzte. Die Musik drang klar aus dem Lautsprecher. Das neue Gerät hatte einen viel reineren Klang als das alte, und da für Irene vor allem der Klang wichtig war, beschloß sie, den häßlichen Apparat hinter dem Sofa zu verbergen. Kaum aber hatte sie sich mit dem Radio ausgesöhnt, als auch schon die Störungen begannen. Ein knisterndes Geräusch wie von einer brennenden Zündschnur begleitete das Singen der Streichinstrumente. Im Hintergrund war ein leises Brausen zu hören, das Irene unangenehm an das Meer erinnerte, und bald gesellten sich noch viele andere Geräusche hinzu. Sie drehte an allen Knöpfen, aber es gelang ihr nicht, die Störungen zu beseitigen. Ratlos und enttäuscht setzte sie sich wieder hin und versuchte, der Melodie zu folgen. Die eine Wand des Wohnzimmers grenzte an den Fahrstuhlschacht, und das Rasseln des Aufzugs brachte Irene schließlich auf die Spur der Störgeräusche. Das Surren der Kabel, das Öffnen und Schließen der Fahrstuhltüren wurden vom Lautsprecher des Apparates wiedergegeben, und nachdem sie erkannt hatte, daß ihr Gerät auf jede Art von elektrischen Schwingungen reagierte, hörte sie zwischen den Mozart-Melodien das Klingeln von Telefonen, die Drehgeräusche von Nummernscheiben und das Brummen eines Staubsaugers heraus. Sie lauschte wie gewohnt, und nun konnte sie auch Türglocken, Fahrstuhlsummer, elektrische Rasierapparate und Küchenmaschinen unterscheiden – Geräusche, die aus den umliegenden Wohnungen stammten und von dem Lautsprecher übertragen wurden. Da sich Irene nicht fähig fühlte, dieses mächtige, häßliche Gerät mit seiner fehlgeleiteten Empfindlichkeit für Mißklänge zu meistern, stellte sie es ab und ging zu ihren Kindern.

Als Jim Westcott an diesem Abend nach Hause kam, begab er sich sogleich ins Wohnzimmer und drehte zuversichtlich an den Knöpfen des Radios. Er machte die gleiche Erfahrung wie Irene. Auf der Station, die er gewählt hatte, sprach ein Mann, und seine zunächst leise Stimme wurde urplötzlich so laut, daß alles in der Wohnung zu zittern und zu klirren begann. Mit einem raschen Griff stellte Jim den Apparat leiser. Wenig später setzten die Störgeräusche ein. Telefone und Türglocken klingelten, Fahrstuhltüren klappten, elektrische Küchenmaschinen surrten. Der Grundton der Störung war anders geworden, seit Irene das Gerät am Nachmittag ausprobiert hatte: Man hörte keine elektrischen Rasierapparate mehr, die Staubsauger waren alle in den Abstellkammern verschwunden, und die Geräusche spiegelten jenen Tempowechsel wider, der sich nach Sonnenuntergang in der Großstadt vollzieht. Jim fummelte an den Knöpfen herum, aber der Ton wurde davon nicht reiner. Schließlich stellte er das Radio ab und sagte zu Irene, er werde am nächsten Morgen die Lieferfirma anrufen und den Leuten die Hölle heiß machen.

Tags darauf war Irene mit Bekannten zum

Lunch verabredet, und als sie nach Hause kam, sagte das Mädchen, inzwischen sei ein Mann dagewesen und habe das Radio repariert. Ohne Hut und Mantel abzulegen, ging Irene ins Wohnzimmer und stellte das Gerät an, um es auszuprobieren. Der *Missouri Waltz* ertönte, offenbar eine Schallplattenaufnahme, denn Irene mußte an die dünne, kratzende Musik aus einem alten Grammophon denken, die manchmal in der Sommerfrische über den See zu ihr herübergeklungen war. Nach dem Walzer wartete sie auf eine Erklärung für diese schlechte Aufnahme, aber der Ansager meldete sich nicht. Eine Zeitlang blieb es still, und dann wurde die kläglich kratzende Platte noch einmal gespielt. Irene drehte weiter, bis ihr in recht guter Wiedergabe ein feuriger kaukasischer Tanz entgegenschallte – das Stampfen nackter Füße auf staubigem Boden und das Rasseln von Münzschmuck. Im Hintergrund hörte sie allerdings Glocken schrillen und ein Gewirr von Stimmen. Da die Kinder in diesem Augenblick aus der Schule kamen, stellte Irene das Radio ab und ging zu ihnen ins Kinderzimmer.

Am Abend war Jim sehr müde von der Arbeit. Er badete, zog sich um und setzte sich dann zu Irene ins Wohnzimmer. Gerade hatte er das Radio angedreht, als das Mädchen zu Tisch bat; er ließ den Apparat weiterspielen und ging mit Irene hinüber ins Eßzimmer.

Jim war so müde, daß er nicht einmal versuchte, seine Frau zu unterhalten, und da Irene dem Essen nichts abgewinnen konnte, wanderte ihre Aufmerksamkeit von den Speisen zu den Resten des Silberputzmittels an den Leuchtern und dann weiter zu der Musik im Nebenzimmer. Sie lauschte einem Prélude von Chopin und war sehr überrascht, als eine Männerstimme dazwischenrief: «Um Himmels willen, Kathy, mußt du eigentlich immer Klavier spielen, wenn ich nach Hause komme?» Die Musik brach jäh ab. «Das ist meine einzige Gelegenheit», sagte eine Frau. «Ich bin ja den ganzen Tag im Büro.» – «Ich auch», entgegnete der Mann. Er machte noch eine unanständige Bemerkung über das Klavierspielen, und dann knallte eine Tür zu. Die von leidenschaftlicher Melancholie erfüllte Musik setzte von neuem ein.

«Hast du das gehört?» fragte Irene.

«Was?» Jim aß seinen Nachtisch.

«Im Radio. Ein Mann sagte mitten in das Prélude hinein etwas Unanständiges.»

«Vielleicht ist es ein Hörspiel.»

«Ich glaube nicht, daß es ein Hörspiel ist», meinte Irene.

Sie standen vom Eßtisch auf und gingen mit ihrem Kaffee ins Wohnzimmer. Irene schlug vor, einen anderen Sender einzustellen. Jim drehte den Knopf. «Hast du meine Sockenhalter gesehen?» fragte ein Mann. «Knöpf mir das Kleid zu», sagte eine Frau. «Hast du meine Sockenhalter gesehen?» fragte der Mann noch einmal. «Erst knöpf mir das Kleid zu, dann werde ich mich um deine Sockenhalter kümmern», antwortete die Frau. Jim versuchte es mit einer anderen Station. «Wenn du bloß nicht immer Apfelkitschen in die Aschenbecher werfen würdest», knurrte ein Mann. «Ich kann diesen Geruch nicht ausstehen.»

«Merkwürdig», murmelte Jim.

«Nicht wahr?» sagte Irene.

Jim drehte an dem Knopf.

«On the coast of Coromandel
where the early pumpkins blow»,

rezitierte eine Frauenstimme mit ausgeprägt englischem Akzent,

«in the middle of the woods
lived the Yonghy-Bonghy-Bò.
Two old chairs, and half a candle,
one old jug without a handle…»

«Mein Gott», rief Irene, «das ist Sweeneys Kindermädchen!»

«These were all his worldly goods»,
sprach die englische Stimme weiter.

«Stell das Ding ab», verlangte Irene. «Womöglich können sie auch uns hören.» Jim schaltete das Radio aus. «Das war Miss Armstrong, das Kindermädchen von Sweeneys», sagte Irene, «sie liest wohl der kleinen Tochter vor. Die Sweeneys wohnen in Nummer 17-B. Ich habe mich im Park mit

Miss Armstrong unterhalten und kenne ihre Stimme ganz genau. Anscheinend sind wir durch unseren Apparat mit den Wohnungen anderer Leute verbunden.»

«Das ist unmöglich», behauptete Jim.

«Jedenfalls war das eben das Kindermädchen von Sweeneys», sagte Irene heftig. «Ich kenne ihre Stimme. Sehr gut sogar. Ich möchte nur wissen, ob sie auch uns hören können.»

Jim stellte das Radio wieder an. Zuerst von weit her, dann näher und näher, wie vom Wind herangetragen, ertönte die klare Stimme des englischen Kinderfräuleins:

«‹Lady Jingly! Lady Jingly!
Sitting where the pumpkins blow,
will you come and be my wife›,
said the Yonghy-Bonghy-Bò...»

Jim beugte sich zum Lautsprecher und rief laut «Hallo» hinein.

«‹I am tired of living singly
on this coast so wild and shingly.
I'm a-weary of my life;
if you'll come and be my wife,
quite serene would be my life...›»

fuhr das Kindermädchen unbeirrt fort.

«Mir scheint, sie kann uns nicht hören», meinte Irene. «Probier's mal woanders.»

Jim ließ den Zeiger über die Skala gleiten, und plötzlich füllte sich der Raum mit dem Trubel einer

Cocktailparty, die schon sehr weit fortgeschritten war. Jemand spielte Klavier und sang ein ausgelassenes Lied; die Stimmen ringsum waren laut und hörten sich beschwipst an. «Eßt noch ein paar Sandwiches!» kreischte eine Frau. Schrilles Gelächter ertönte, und irgendein Geschirrstück zerschellte am Boden.

«Das müssen die Fullers in Nummer 11-E sein», sagte Irene. «Ich weiß, daß sie heute nachmittag eine Party geben wollten. Mrs. Fuller hat's mir erzählt, als ich sie im Spirituosenladen traf. Ist das nicht köstlich? Dreh mal weiter, vielleicht können wir die Leute in Nummer 18-C empfangen.»

Die Westcotts belauschten an diesem Abend ein Selbstgespräch über den Lachsfang in Kanada, eine Bridgepartie, Erläuterungen zur Heimvorführung eines Films, der anscheinend während eines vierzehntägigen Urlaubs auf Sea Island gedreht worden war, und zu guter Letzt einen erbitterten Familienstreit, bei dem es um ein überzogenes Bankkonto ging. Gegen Mitternacht stellten sie das Radio ab und legten sich schlafen, erschöpft vom vielen Lachen. Irgendwann in der Nacht rief ihr Sohn, weil er Durst hatte, und Irene brachte ihm etwas zu trinken. Es war noch sehr früh. Alle Lichter in der Nachbarschaft waren erloschen, und vom Fenster des Kinderzimmers aus sah sie die Straße still und leer daliegen. Sie ging ins Wohnzimmer und stellte versuchsweise das Radio an. Ein leises Husten kam aus dem Lautsprecher, ein Stöhnen, und dann sprach ein Mann. «Ist dir nicht gut, Liebling?» fragte er. «Doch», antwortete eine Frau mit matter Stimme, «doch, es geht schon.» Und dann fügte sie in lebhafterem Ton hinzu: «Aber du weißt ja, Charlie, daß ich mich gar nicht mehr so richtig wohl fühle. Es gibt Wochen, da bin ich nur eine Viertelstunde oder zwanzig Minuten lang so munter wie früher. Ich mag nicht noch zu einem anderen Arzt gehen, die Rechnungen sind ohnehin schon so entsetzlich hoch, aber wohl fühle ich mich nicht, Charlie. Ich bin in letzter Zeit gar nicht auf der Höhe.» Sie waren nicht mehr jung, dachte Irene. Nach ihren Stimmen zu urteilen, mußten sie beide in mittleren Jahren sein. Die melancholische Resignation, die aus diesem Gespräch klang, und der Luftzug vom Schlafzimmerfenster ließen Irene frösteln, und sie ging wieder ins Bett.

Am nächsten Morgen bereitete Irene für ihre Familie das Frühstück – das Mädchen kam erst um zehn Uhr –, flocht ihrem Töchterchen die Haare und blieb an der Wohnungstür stehen, bis ihr Mann und die Kinder in den Fahrstuhl gestiegen waren. Dann eilte sie ins Wohnzimmer und stellte das Radio an. «Ich will nicht in die Schule!» schrie ein Kind. «Ich hasse die Schule. Ich gehe nicht in die Schule. Ich hasse die Schule!» Eine wütende

Frauenstimme antwortete: «Natürlich wirst du in die Schule gehen. Wir haben achthundert Dollar Aufnahmegebühr bezahlt, und du wirst hingehen, auch wenn es dich umbringt.» Die nächste Station auf der Skala präsentierte die abgespielte Platte mit dem *Missouri Waltz*. Irene drehte den Sendersuchknopf weiter und drang in die Privatsphäre mehrerer Familien am Frühstückstisch ein. Sie belauschte Bekundungen von Magenbeschwerden, sinnlicher Liebe, abgrundtiefer Eitelkeit, Vertrauen und Verzweiflung. Irenes Leben war fast so behütet und unkompliziert, wie es nach außen hin den Anschein hatte, und die derbe, manchmal sogar brutale Sprache, die an diesem Morgen aus dem Lautsprecher quoll, erstaunte und verwirrte sie. Trotzdem hörte sie gespannt zu. Erst als das Mädchen kam, stellte sie hastig das Radio ab, denn sie wußte wohl, daß es sich nicht schickte, die intimen Gespräche anderer Leute zu belauschen.

Irene war mit einer Freundin zum Lunch verabredet und verließ daher kurz nach zwölf Uhr die Wohnung. Als der Fahrstuhl in ihrem Stockwerk hielt, befanden sich schon einige Frauen darin. Sie musterte ihre hübschen unbeteiligten Gesichter, ihre Pelzmäntel und die Stoffblumen an ihren Hüten. Welche von ihnen war auf Sea Island gewesen? Welche hatte ihr Bankkonto überzogen? Der Fahrstuhl hielt im zehnten Stock, und eine Frau mit einem Paar Skyeterriern stieg zu. Ihr Haar war kunstvoll aufgetürmt, und sie trug ein Nerzcape. Sie summte den *Missouri Waltz.*

Beim Lunch trank Irene zwei Martinis. Sie betrachtete forschend ihre Freundin und fragte sich, was für Geheimnisse *sie* wohl haben mochte. Die beiden hatten eigentlich noch Einkäufe machen wollen, aber Irene entschuldigte sich gleich nach dem Essen und ging nach Hause. Sie sagte dem Mädchen, sie wünsche nicht gestört zu werden, zog sich ins Wohnzimmer zurück, schloß die Türen und schaltete das Radio ein. Im Laufe des Nachmittags hörte sie die schleppende Unterhaltung einer Frau mit ihrer Tante, die zum Tee gekommen war, den hysterischen Abschluß einer Lunchparty und die Anweisungen, die eine Frau ihrem Hausmädchen für die Bewirtung von Cocktailgästen gab. «Von dem besten Scotch dürfen Sie nur Leuten einschenken, die schon graues Haar haben», erklärte die Gastgeberin. «Sehen Sie zu, daß Sie die Leberpastete loswerden, bevor Sie diese heißen Dinger anbieten. Übrigens, können Sie mir fünf Dollar leihen? Ich möchte dem Fahrstuhlmann ein Trinkgeld geben.»

Je mehr es auf den Abend zuging, desto lebhafter wurden die Gespräche. Von ihrem Sessel aus konnte Irene den Himmel über dem Central Park sehen. Hunderte von Wölkchen zogen darüber hin, als hätte der Südwind den Winter in kleine Stücke zerrissen und blase ihn nordwärts, und im Radio hörte sie die Ankunft von Cocktailgästen und die Heimkehr von Kindern und Ehemännern aus Schulen und Büros. «Ich habe heute morgen einen ziemlich großen Brillanten im Badezimmer gefunden», berichtete eine Frau. «Wahrscheinlich ist er aus dem Armband gefallen, das Mrs. Dunston gestern abend getragen hat.» – «Wir werden ihn verkaufen», erwiderte ein Mann. «Bring ihn zum Juwelier in der Madison Avenue. Mrs. Dunston wird davon nicht ärmer, und wir können ein paar hundert Dollar gut gebrauchen...» – «*Oranges and lemons, say the bells of St. Clement's*», sang das Kindermädchen von Sweeneys. «*Halfpence and farthings, say the bells of St. Martin's. When will you pay me, say the bells at Old Bailey...*» – «Das ist kein Hut», verkündete eine Frau, und hinter ihr dröhnte das Gelächter einer Cocktailparty. «Das ist kein Hut, sondern eine Liebeserklärung. Jedenfalls nach Ansicht von Walter Florell. Das ist kein Hut, hat er gesagt, das ist eine Liebeserklärung.» Und mit leiser Stimme fügte dieselbe Frau hinzu: «Sprich mit jemandem, Liebling, ich bitte dich, sprich mit jemandem. Wenn sie sieht, daß du hier nur so herumstehst, wird sie uns von ihrer Einladungsliste streichen, und ich finde doch Parties so himmlisch.»

Die Westcotts waren an diesem Abend bei Freunden eingeladen, und als Jim nach Hause kam, kleidete sich Irene gerade um. Sie wirkte traurig und irgendwie mißgestimmt, und er brachte ihr einen Drink. Da ihre Freunde in der Nachbarschaft wohnten, gingen Jim und Irene zu Fuß. Der Himmel wölbte sich hoch und hell über ihnen. Es war einer jener herrlichen Frühlingsabende, an denen Erinnerungen und Sehnsüchte erwachen, und die Luft strich weich über die Hände und Gesichter der beiden. An der Ecke spielte eine Kapelle der Heilsarmee: *Sweet Jesus*... Irene zog ihren Mann am Arm, und sie blieben ein Weilchen stehen, um der Musik zu lauschen. «Das sind wirklich nette Leute, nicht wahr?» sagte Irene. «Sie haben so nette Gesichter. Ich finde sie sogar viel netter als die meisten Leute, die wir kennen.» Sie ging auf die Gruppe zu, nahm einen Geldschein aus ihrem Portemonnaie und ließ ihn in das Tamburin fallen. Als sie zu ihrem Mann zurückkehrte, sah Jim mit Befremden, daß ihr Gesicht einen verklärt-melancholischen Ausdruck zeigte. Auch ihr Benehmen beim Abendessen kam ihm seltsam vor. Sie schnitt ihrer Gastgeberin mehrmals das Wort ab und starrte die Leute, die ihr gegenübersaßen, ungeniert an – eine Taktlosigkeit, für die sie ihre Kinder bestraft hätte.

Die Luft war noch mild, als sie den Heimweg antraten. Irene blickte hoch zu den Sternen der Frühlingsnacht. «‹So weit der Strahl von dieser kleinen Kerze reicht›», zitierte sie, «‹reicht auch der Schein der guten Tat in dieser garst'gen Welt.›» Zu Hause wartete sie, bis Jim eingeschlafen war; dann stand sie auf, ging ins Wohnzimmer und stellte das Radio an.

Jim kam am nächsten Abend gegen sechs Uhr aus dem Büro. Emma, das Mädchen, öffnete ihm die Tür. Er nahm den Hut ab und wollte gerade den Mantel ausziehen, als Irene mit tränenüberströmtem Gesicht und wirrem Haar auf ihn zustürzte. «Schnell, Jim, lauf hinauf zu 16-C!» rief sie angstvoll. «Zieh den Mantel nicht aus! Oben in 16-C schlägt Mr. Osborn seine Frau. Seit vier Uhr streiten sie sich schon, und jetzt verprügelt er sie! Schnell, lauf hinauf und halt ihn zurück!» Aus dem Radio im Wohnzimmer drangen gellende Schreie, Flüche und klatschende Geräusche. «Du weißt, daß du dir so etwas nicht anhören solltest», sagte Jim. «Das ist unschicklich.» Er ging ins Wohnzimmer und schaltete das Gerät aus. «Das ist genauso schlimm wie anderen Leuten in die Fenster sehen. Du weißt, daß du dir so etwas nicht anhören solltest. Das Ding läßt sich doch abstellen.»

«Ach, es ist so entsetzlich, es ist so furchtbar», schluchzte Irene. «Ich habe den ganzen Tag zugehört, und alles ist so deprimierend.»

«Warum hörst du dann zu, wenn es dich deprimiert? Ich habe dieses verdammte Radio gekauft, um dir eine Freude zu machen. Es hat eine Menge Geld gekostet, und ich hoffte, es würde dich froh machen. Froh und glücklich.»

«Bitte, bitte, fang keinen Streit mit mir an», sagte sie kläglich und lehnte den Kopf an seine Schulter. «Die anderen zanken sich schon den ganzen Tag. Alle sind ärgerlich und gereizt. Alle haben Geldsorgen. Mrs. Hutchinsons Mutter stirbt in Florida an Krebs, weil sie nicht genug Geld haben, sie in die Mayo-Klinik zu schicken. Jedenfalls behauptet Mr. Hutchinson, sie hätten nicht genug Geld. Und irgendeine Frau in diesem Haus hat ein Verhältnis mit dem Hausmeister, diesem abscheulichen Kerl! Es ist ekelhaft. Mrs. Melville hat ein Herzleiden; Mr. Hendricks verliert im April seine Stellung, und Mrs. Hendricks macht ihm deswegen das Leben zur Hölle; das Mädchen, das dauernd den *Missouri Waltz* spielt, ist eine Hure, eine ganz gewöhnliche Hure; der Fahrstuhlmann hat Tuberkulose, und Mr. Osborn verprügelt seine Frau.» Sie zitterte am ganzen Körper, weinte leise vor sich hin und versuchte, den Tränenstrom mit den Handballen einzudämmen.

«Aber warum mußt du denn zuhören?» fragte Jim noch einmal. «Warum mußt du dir dieses Zeug anhören, wenn es dich so deprimiert?»

«Bitte, bitte, bitte schimpf nicht mit mir», flehte Irene. «Das Leben ist zu furchtbar, zu schmutzig und gemein. Aber wir sind nie so gewesen, nicht wahr, Liebling? Nicht wahr? Ich meine, wir sind immer gut und anständig zueinander gewesen und haben uns immer geliebt, nicht wahr? Und wir haben zwei Kinder, zwei reizende Kinder. Unser Leben ist nicht schmutzig, nicht wahr, Liebling? Nicht wahr?» Sie schlang die Arme um ihn und zog sein Gesicht zu dem ihren herab. «Wir sind glücklich, nicht wahr, Liebling? Wir sind glücklich, nicht wahr?»

«Natürlich sind wir glücklich», sagte er matt. Er fühlte seinen Groll allmählich schwinden. «Natürlich sind wir glücklich. Morgen wird das verdammte Radio entweder in Ordnung gebracht, oder ich lasse es an die Firma zurückgehen.» Er streichelte ihr weiches Haar. «Mein armes Mädchen», murmelte er.

«Du liebst mich doch, nicht wahr?» fragte sie. «Und wir regen uns nicht über jede Kleinigkeit auf oder machen uns Sorgen wegen des Geldes oder sind unaufrichtig zueinander, nicht wahr?»

«Nein, mein Liebling», antwortete er.

Am nächsten Vormittag kam ein Mann und reparierte das Radio. Als er fort war, stellte Irene das Gerät vorsichtig an und hörte beglückt eine Reklamesendung für kalifornischen Wein und eine Aufnahme von Beethovens Neunter Sinfonie mit Schillers *Ode an die Freude*. Sie ließ das Gerät den ganzen Tag laufen, und der Lautsprecher gab nichts Unpassendes von sich.

Als Jim nach Hause kam, wurde gerade eine spanische Suite gespielt. «Ist alles in Ordnung?» fragte er. Irene wunderte sich insgeheim, daß sein Gesicht so blaß war. Sie tranken ein paar Cocktails und setzten sich unter den Klängen des Zigeunerchors aus dem *Troubadour* zu Tisch. Als nächstes folgte *La mer* von Debussy.

«Ich habe heute die Rechnung für das Radio bezahlt», sagte Jim. «Es hat vierhundert Dollar gekostet. Ich hoffe, du wirst viel Freude daran haben.»

«O ja, bestimmt», erwiderte Irene.

«Eigentlich kann ich's mir gar nicht leisten, vierhundert Dollar auszugeben», fuhr er fort. «Aber ich wollte dir so gern etwas schenken, woran du Freude hast. Es ist die letzte Extravaganz, die wir uns dieses Jahr erlauben können. Übrigens hast du deine Kleiderrechnung noch nicht bezahlt. Ich sah sie auf dem Toilettentisch liegen.» Er blickte sie streng an. «Warum hast du mir erzählt, du hättest sie bezahlt? Warum hast du mich angelogen?»

«Weil ich nicht wollte, daß du dir Sorgen machst», antwortete Irene. Sie trank einen Schluck Wasser. «Ich werde die Rechnungen von meinem Haushaltsgeld für diesen Monat bezahlen. Vorigen Monat ist alles für Bettbezüge und diese Party draufgegangen.»

«Du solltest wirklich lernen, mit dem Geld, das ich dir gebe, etwas vernünftiger umzugehen, Irene», sagte er. «Mach dir bitte klar, daß wir in diesem Jahr nicht soviel Geld haben werden wie im letzten. Ich hatte heute eine sehr ernste Unterredung mit Mitchell. Die Leute kaufen nichts mehr. Wir bemühen uns krampfhaft, neue Absatzmöglichkeiten zu finden, aber du weißt ja, wie lange das dauert. Und ich werde nicht jünger dabei. Ich bin siebenunddreißig. Nächstes Jahr wird mein Haar ganz grau sein. Ich bin nicht so erfolgreich gewesen, wie ich gehofft hatte. An eine Wende zum Besseren glaube ich nicht mehr.»

«Ja, Lieber», sagte sie.

«Wir müssen uns einschränken», fuhr Jim fort. «Schon um der Kinder willen. Offen gestanden, mache ich mir große Sorgen wegen unserer finanziellen Lage. Ich weiß nicht, wie die Zukunft aussehen wird. Niemand weiß das. Wenn mir etwas zustoßen sollte, hast du die Versicherung, aber damit würdest du heutzutage nicht allzuweit kommen. Ich habe sehr, sehr hart gearbeitet, um dir und den Kindern ein bequemes Leben zu ermöglichen», sagte er bitter, «und mir mißfällt der Gedanke, daß ich meine ganze Energie und meine ganze Jugend für Pelzmäntel und Radios und Bettbezüge geopfert...»

«Bitte, Jim», unterbrach sie ihn. «Bitte. Man könnte uns hören.»

«*Wer* könnte uns hören? Emma auf keinen Fall.»

«Denk an das Radio.»

«Jetzt reicht's mir aber!» brüllte er. «Diese übertriebene Ängstlichkeit ist ja unerträglich! Das Radio kann uns nicht hören. Niemand kann uns hören. Und wenn schon – wen kümmert das?»

Irene stand auf und ging ins Wohnzimmer hinüber. Jim folgte ihr bis zur Tür und schrie von dort auf sie ein. «Wieso bist du auf einmal so tugendhaft? Was hat dich über Nacht in eine Klosterschülerin verwandelt? Du hast den Schmuck deiner Mutter gestohlen, bevor ihr Testament gerichtlich bestätigt wurde. Du hast deiner Schwester nicht einen Cent von dem Geld gegeben, das für sie bestimmt war – auch dann nicht, als sie es dringend brauchte! Du hast Grace Howland das Leben zur Qual gemacht – und wo war all deine tugendhafte Frömmigkeit, als du zu dieser Engelmacherin gingst? Ich werde nie vergessen, wie kalt du damals warst. Du hast deine Sachen zusammengepackt und bist zur Ermordung deines Kindes losgezogen wie zu einer Ferienreise. Wenn du wenigstens einen Grund gehabt hättest, einen triftigen Grund...»

Irene stand vor dem abscheulichen Radio, entehrt und von Ekel erfüllt. Sie griff nach dem Knopf, zögerte aber noch einen Augenblick, das Gerät abzuschalten – wer weiß, vielleicht würde es freundlich zu ihr sprechen, etwa mit der Stimme von Sweeneys Kindermädchen. Von der Tür her schrie Jim noch immer auf sie ein. Die Stimme im Radio klang angenehm und unverbindlich. «Bei einem Eisenbahnunglück in Tokio kamen heute am frühen Morgen neunundzwanzig Menschen ums Leben», sagte der Sprecher. «Ein Feuer in einem katholischen Heim für blinde Kinder wurde heute früh von Nonnen gelöscht. Die Temperatur beträgt acht Grad, die relative Luftfeuchtigkeit neunundachtzig Prozent.»

Der Schwimmer

Es war einer jener Sonntage im Hochsommer, an denen alle Leute herumsitzen und sagen: «Ich hab gestern abend zuviel getrunken.» Von den heimkehrenden Kirchgängern hätte man es hören können wie von den Lippen des Geistlichen, der sich im *vestiarium* mit seiner Soutane abquälte, auf den Golf- und Tennisplätzen ebenso wie in dem Naturschutzgebiet, wo der Leiter des Audubon-Vereins einen scheußlichen Kater hatte. «Ich hab zuviel getrunken», sagte Donald Westerhazy. «Wir haben alle zuviel getrunken», sagte Lucinda Merrill. «Es muß am Wein liegen», sagte Helen Westerhazy. «Ich hab zuviel von dem Rotwein getrunken.»

Man saß am Rande des Westerhazyschen Schwimmbassins. Das Becken wurde aus einem stark eisenhaltigen artesischen Brunnen gespeist und war von blaßgrüner Farbe. Es war ein schöner Tag. Im Westen stand eine schwere Wolkenwand, die einer Hafenstadt – wie man sie vom Bug eines Schiffes in der Ferne liegend sieht – so täuschend ähnlich sah, daß man ihr einen Namen hätte geben mögen. Lissabon. Hackensack. Die Sonne schien heiß. Neddy Merrill saß neben dem grünen Wasser und ließ eine Hand hineinhängen. In der anderen hielt er ein Glas Gin. Er war ein schlanker Mann – von ausgesprochen jugendlicher Schlankheit, schien es –, und wenn er auch weit davon entfernt war, jung zu sein, so war er doch heute morgen noch das Treppengeländer heruntergerutscht und hatte der bronzenen Kehrseite der Aphrodite auf dem Hallentisch einen Klaps gegeben, als er auf sein nach Kaffee duftendes Eßzimmer zuschlenderte. Man hätte ihn mit einem Sommertag vergleichen können, besonders mit den letzten Stunden eines solchen Tages, und wenn er auch weder einen Tennisschläger noch einen Segeltuchsack dabei hatte, so hatte man doch ganz entschieden den Eindruck von Jugend, Sport und gutem Wetter. Er war eben noch geschwommen und holte nun tief und geräuschvoll Luft, als könnte seine Lunge alle Elemente dieses Augenblicks in sich aufnehmen. Die Sonnenhitze, sein tiefes Glücksgefühl, alles schien in seinen Brustkasten einzuströmen. Sein eigenes Haus lag in Bullet Park, acht Meilen weiter südlich, und seine vier hübschen Töchter hatten dort wahrscheinlich schon zu Mittag gegessen und spielten Tennis. Da fiel ihm ein, daß er einen Bogen nach Südwesten schlagen und so sein Haus auf dem Wasserwege erreichen könne.

Er fühlte sich in seinem Leben nicht beengt, und seine Freude an diesem Einfall hatte nichts mit den

Fluchtvorstellungen zu tun, die sich dabei aufdrängen. Ihm war, als sähe er mit dem Auge eines Kartographen die Kette von Schwimmbassins vor sich: ein gleichsam unterirdischer Strom, der sich durch den ganzen Bezirk zog. Er hatte eine Entdeckung gemacht, einen Beitrag zur modernen Geographie geleistet; er würde den Strom nach seiner Frau Lucinda nennen. Er war weder ein Spaßvogel noch ein Narr, aber er wollte um jeden Preis originell sein und hatte eine vage und gar nicht anmaßende Vorstellung von sich selbst als einer legendären Heldengestalt. Der Tag war schön, und seine Schwimmtour schien ihm wie geschaffen, ihn noch zu verschönern und zu verherrlichen.

Er legte den Sweater ab, der über seinen Schultern gehangen hatte, und machte einen Kopfsprung. Für Männer, die sich nicht kopfüber in Schwimmbassins warfen, hatte er eine unsägliche Verachtung. Er schwamm mit kurzen Kraulstößen, holte entweder nach jedem Stoß oder nach jedem vierten Stoß Luft und zählte im hintersten Winkel seines Bewußtseins das zum Kraul-Beinschlag gehörende eins-zwei, eins-zwei. Dieser Stil war für große Entfernungen nicht sehr geeignet, aber mit der allgemeinen Verbreitung des Schwimmsports hatten sich bestimmte Gepflogenheiten herausgebildet, und in dieser Gegend der Welt pflegte man nun einmal zu kraulen. Von dem hellgrünen Wasser umarmt und getragen zu werden schien weniger ein Vergnügen als die Rückkehr in einen Naturzustand zu sein, und er wäre gern ohne Badehose geschwommen, aber das ließ sich mit seinem Vorhaben nicht vereinen. Er zog sich am hinteren Rand in die Höhe – die Leiter benutzte er nie – und machte sich auf den Weg über den Rasen. Als Lucinda fragte, wohin er gehe, sagte er, er wolle nach Hause schwimmen.

Die einzigen Land- und Seekarten, nach denen er sich richten konnte, existierten nur in seiner Phantasie oder in seinem Gedächtnis, aber sie waren klar genug. Zuerst kamen die Grahams, die Hammers, die Lears, die Howlands und die Crosscups. Er würde die Ditmar Street überqueren, um zu den Bunkers und, ein kleines Stück weiter, zu den Levys, den Welchers und der öffentlichen Badeanstalt in Lancaster zu gelangen. Dann kamen noch die Hallorans, die Sachs, die Biswangers, Shirley Adams, die Gilmartins und die Clydes. Der Tag war herrlich, und er empfand es als eine Wohltat, eine Gnade, in einer Welt zu leben, die so reichlich mit Wasser versehen war. Sein Herz schlug höher, und er lief über den Rasen. Die neue Route, die er sich für den Heimweg ausgedacht hatte, gab ihm die Gewißheit, ein Pilger, ein Forscher, ja, ein Mann mit einem Schicksal zu sein, und er wußte, daß er überall am Wege Freunde finden würde. Freunde würden an den Ufern des Lucinda-Flusses Spalier stehen.

Er durchquerte eine Hecke, die das Westerhazysche Grundstück von dem der Grahams trennte, ging unter einigen blühenden Apfelbäumen hindurch und an dem Schuppen vorbei, der ihre Pumpe und den Filter beherbergte, und kam am Grahamschen Schwimmbassin heraus. «Ach, Neddy», sagte Mrs. Graham, «das ist aber eine Überraschung. Ich hab schon den ganzen Morgen versucht, dich zu erreichen. Komm, ich hol dir einen Drink.» An dieser Stelle merkte er, wie jeder Forscher, daß gegenüber den gastfreundlichen Bräuchen und Gepflogenheiten der Eingeborenen diplomatische Zurückhaltung geboten war, wenn er sein Reiseziel jemals erreichen wollte. Er mochte die Grahams nicht vor den Kopf stoßen noch unhöflich erscheinen, aber er hatte nicht die Zeit, sich länger bei ihnen aufzuhalten. Er schwamm einmal von einem Ende zum andern durch ihren Pool, leistete ihnen in der Sonne Gesellschaft und wurde ein paar Minuten später durch zwei Wagenladungen von Freunden aus Connecticut erlöst. Während der stürmischen Begrüßungsszenen konnte er sich unbemerkt wegstehlen. Er ging an der Vorderfront des Grahamschen Hauses vorbei, stieg über eine Dornenhecke und gelangte über ein unbebautes Stück Land zu den Hammers. Mrs. Hammer blickte von ihren Rosen auf und sah ihn vorbeischwimmen, wußte aber nicht genau, wer er war. Die Lears hörten ihn an ihren offenen Wohnzimmerfenstern vorbeiplätschern. Die Howlands und die Crosscups waren nicht zu Hause. Als er das Howlandsche Grundstück hinter sich hatte, überquerte er die Ditmar Street und machte sich auf den Weg zu den Bunkers, von wo ihm schon auf diese Entfernung der Lärm einer Party entgegenschlug.

Stimmen und Gelächter wurden vom Wasser reflektiert und schienen mitten in der Luft zu schweben. Der Swimmingpool der Bunkers lag auf einer Anhöhe, und er stieg ein paar Stufen zu einer Terrasse hinauf, wo fünfundzwanzig bis dreißig Männer und Frauen trinkend herumstanden. Der einzige Mensch im Wasser war Rusty Towers, der sich auf einer Luftmatratze treiben ließ. Oh, wie üppig und saftig waren die Ufer des Lucinda-Flusses! Vom Glück begünstigte Menschen versammelten sich an den saphirfarbenen Wassern, während die weißbekittelten Angestellten der Lieferfirma ihnen kalten Gin reichten. Oben am Himmel zog eine rote De-Haviland-Übungsmaschine mit der Ausgelassenheit eines schaukelnden Kindes einen Kreis nach dem anderen. Ned spürte eine flüchtige Anteilnahme an der Szene, eine zärtliche Regung für die Versammlung, als wäre sie etwas, was er gern berührt hätte. In der Ferne hörte er es donnern. Als Enid Bunker ihn sah, fing sie sofort an zu kreischen: «Sieh mal an, wer kommt denn da! Das ist aber eine Überraschung! Als Lucinda sagte, du könntest nicht kommen, wär ich beinahe *gestor-*

ben!» Sie bahnte sich einen Weg durch die Menge zu ihm hin, und als sie mit Küssen fertig waren, führte sie ihn zur Bar. Sie drangen nur langsam vor, da er mehrmals stehenbleiben mußte, um acht oder zehn weitere Frauen zu küssen und zahlreichen Männern die Hand zu schütteln. Ein lächelnder Barkeeper, den er schon auf hundert Partys gesehen hatte, gab ihm einen Gin Tonic, und er stand einen Augenblick an der Bar, bemüht, sich in kein Gespräch verwickeln zu lassen, das seine Reise verzögern konnte. Als er eingekreist zu werden drohte, machte er einen Kopfsprung und schwamm dicht am Rand entlang, um nicht mit Rustys Luftmatratze zusammenzustoßen. Am hinteren Ende des Beckens machte er mit einem breiten Lächeln einen Bogen um die Temlinsons und schlenderte den Gartenweg hinauf. Der Kies schnitt in seine Fußsohlen, aber das war auch die einzige Unannehmlichkeit. Die Party spielte sich nur am Swimmingpool ab, und als er auf das Haus zuging, verebbte das sprühende wäßrige Stimmengewirr, und er hörte Radiogeräusche aus der Bunkerschen Küche, die Übertragung eines Baseballspiels. Sonntagnachmittag. Er ging zwischen den parkenden Wagen hindurch und an der Raseneinfassung der Einfahrt entlang zur Alewives' Lane. Er wollte sich nicht gern in der Badehose auf der Straße zeigen, aber es war kein Verkehr, und er legte rasch die kurze Strecke zur Einfahrt der Levys zurück, die an einem Schild mit der Aufschrift «Privat» und an einer grünen Röhre für die *New York Times* zu erkennen war. Alle Türen und Fenster des großen Hauses standen offen, aber da war keinerlei Lebenszeichen; nicht einmal ein Hund bellte. Er ging seitlich an dem Haus vorbei zum Schwimmbassin und sah, daß die Levys erst vor kurzem weggefahren sein mußten. Auf einem Tisch am tiefen Ende, neben einem Umkleidehäuschen oder Pavillon, an dem japanische Lampions hingen, standen Gläser, Flaschen und Schalen mit Nüssen. Nachdem er durch das Bassin geschwommen war, nahm er sich ein Glas und machte sich einen Drink. Es war der vierte oder fünfte, und er hatte den Lucinda-Fluß schon fast zur Hälfte durchschwommen. Er fühlte sich müde, sauber und war im Augenblick froh, allein zu sein, froh über alles.

Ein Unwetter zog herauf. Die Wolkenwand – die Hafenstadt von vorhin – war höher gestiegen und hatte sich verfinstert, und während er noch dasaß, hörte er wieder das Grollen des Donners. Die De-Haviland-Übungsmaschine zog immer noch ihre Kreise, und Ned meinte fast, den Piloten vor Freude über den Nachmittag lachen zu hören, aber nach dem nächsten Donnerschlag setzte er den Heimweg fort. Ein Zug pfiff, und er überlegte, wie spät es inzwischen sein mochte. Vier? Fünf? Er dachte an den kleinen Bahnhof, wo um diese Zeit ein Kellner, der seinen Smoking unter dem Regenmantel versteckte, ein Zwerg mit ein paar in Zeitungspapier gewickelten Blumen und eine verweinte Frau auf die Vorortbahn zu warten pflegten.

Plötzlich wurde es dunkel: Es war der Augenblick, in dem die winzigen Vögel so etwas wie eine schrille und deutliche Vorahnung des herannahenden Gewitters in ihren Gesang hineinzulegen scheinen. Dann kam von der Krone einer Eiche hinter ihm ein feines Rauschen, als hätte jemand einen Wasserhahn aufgedreht. Und schon kamen die Springbrunnengeräusche aus den Kronen aller hohen Bäume. Warum liebte er Gewitter, was hatte die Erregung zu bedeuten, die er spürte, wenn die Tür aufsprang und die Regenböen die Treppe hinauffegten, warum kam ihm die einfache Vorsichtsmaßnahme, die Fenster eines alten Hauses zu schließen, so sinnvoll und notwendig vor, und warum hatten die ersten nassen Ankündigungen eines Gewittersturms für ihn diesen unmißverständlichen Klang guter Nachrichten, heiterer, froher Botschaften? Jetzt gab es eine Explosion, es roch nach Pulver, und der Regen peitschte gegen die japanischen Lampions, die Mrs. Levy im vorletzten Jahr in Kioto gekauft hatte, oder war es das Jahr davor?

Er blieb im Pavillon der Levys, bis das Gewitter vorüber war. Die Luft hatte sich nach dem Regen stark abgekühlt, und er fröstelte. Der heftige Wind hatte die gelbroten Blätter eines Ahorns abgestreift und sie über das Gras und das Wasser verstreut. Da es Hochsommer war, mußte der Baum von Mehltau befallen sein. Trotzdem empfand er bei diesem herbstlichen Zeichen eine eigentümliche Traurigkeit. Er riß die Schultern zurück, leerte sein Glas und brach zum Pool der Welchers auf. Unterwegs mußte er den Reitparcours der Lindleys überqueren, und er war nicht wenig erstaunt, als er sah, daß er mit Gras überwuchert war und daß man alle Hindernisse abgebrochen hatte. Er überlegte, ob die Lindleys ihre Pferde verkauft oder ob sie sie irgendwo in Pflege gegeben hatten, um den Sommer über verreisen zu können. Er glaubte, irgend etwas über die Lindleys und ihre Pferde gehört zu haben, aber er konnte sich nicht genau erinnern. Er ging weiter, barfuß durch das nasse Gras, zu den Welchers, wo er das Schwimmbassin leer fand.

Diese Lücke in seiner Wasserkette enttäuschte ihn maßlos, und er kam sich vor wie ein Forscher, der einen reißenden Gebirgsquell sucht und statt dessen ein totes Gewässer findet. Er war enttäuscht und verblüfft. Es war durchaus üblich, den Sommer über zu verreisen, aber niemand legte deswegen seinen Swimmingpool trocken. Die Welchers mußten endgültig weggezogen sein. Die Terrassenmöbel waren zusammengeklappt, aufeinandergelegt und mit einer Zeltplane zugedeckt. Das Umkleidehäuschen war verschlossen. Alle Fenster des

Hauses waren geschlossen, und als er außen herum zur Einfahrt ging, sah er das an einen Baum genagelte Schild «Zu verkaufen». Wann hatte er zuletzt etwas von den Welchers gehört – das heißt, wann hatten Lucinda und er zuletzt eine ihrer Einladungen zum Abendessen abgelehnt? Es kam ihm vor, als wäre es erst vor einer Woche gewesen. Versagte sein Gedächtnis, oder hatte er es so darauf gedrillt, unerfreuliche Tatsachen zu verdrängen, daß sein Wirklichkeitssinn darunter gelitten hatte? Aus der Ferne hörte er die Geräusche eines Tennisspiels. Das munterte ihn auf, vertrieb alle Befürchtungen und half ihm, sich mit dem bedeckten Himmel und der kalten Luft abzufinden. Dies war der Tag, an dem Neddy Merrill durch den ganzen Bezirk schwamm! Dies war der Tag! Er nahm die schwierigste Strecke in Angriff.

Wäre man an diesem Sonntag nachmittag mit dem Wagen unterwegs gewesen, hätte man ihn sehen können, wie er fast nackt an der Biegung der Route 424 stand und auf eine Gelegenheit wartete, sie zu überqueren. Vielleicht hätte man sich überlegt, ob er eine Panne habe, ob er einem Verbrechen zum Opfer gefallen oder einfach nur verrückt geworden sei. Wie er dort barfuß zwischen den Abfällen am Rande des Highways stand – zwischen Bierdosen, Lappen und Reifenflicken – und Hohn und Spott über sich ergehen lassen mußte, machte er einen mitleiderregenden Eindruck. Als er aufbrach, hatte er gewußt, daß dies zu seiner Reise gehörte – es war auf seinen Landkarten eingetragen –, aber als er sich nun den Autokolonnen gegenübersah, die sich durch das Sommerlicht wälzten, merkte er, daß er darauf nicht vorbereitet war. Man lachte ihn aus, machte sich über ihn lustig, warf eine Bierdose nach ihm, und er hatte dieser Situation keine Würde und keinen Humor entgegenzusetzen. Er hätte umkehren können, zurück zu den Westerhazys, wo Lucinda wohl noch immer in der Sonne saß. Er hatte nichts unterschrieben, nichts versprochen und sich zu nichts verpflichtet, nicht einmal sich selbst gegenüber. Warum war er nicht imstande umzukehren, da er doch fest daran glaubte, daß auch der halsstarrigste Mensch Vernunftgründen zugänglich war? Warum war er entschlossen, die Reise durchzustehen, selbst wenn er dabei sein Leben aufs Spiel setzte? Zu welchem Zeitpunkt war aus dieser Posse, diesem Scherz, diesem groben Unfug bitterer Ernst geworden? Er konnte nicht umkehren, er konnte sich nicht einmal das grüne Wasser bei den Westerhazys mit einiger Deutlichkeit ins Gedächtnis zurückrufen, geschweige denn das Gefühl, all die Elemente des Tages in sich einströmen zu lassen, oder die freundlich-schläfrigen Stimmen, die sagten, sie hätten zuviel getrunken. Innerhalb einer Stunde hatte er eine Entfernung zurückgelegt, die ihm die Rückkehr unmöglich machte.

Ein alter Mann, der mit fünfzehn Meilen pro Stunde den Highway entlangjuckelte, ließ ihn bis zum Grünstreifen auf der Straßenmitte gelangen. Hier mußte er den Spott der nordwärts rollenden Verkehrsteilnehmer über sich ergehen lassen, aber nach zehn oder fünfzehn Minuten konnte er die Fahrbahn überqueren. Jetzt waren es nur noch wenige Schritte bis zum Sportplatz am Ende von Lancaster, einem Dorf, wo es ein paar Handballfelder und eine öffentliche Badeanstalt gab.

Die Wirkung des Wassers auf die Stimmen, die Illusion des Sprühens und Schwebens war hier die gleiche wie bei den Bunkers, aber die Geräusche waren lauter, greller und schriller, und er hatte kaum das überfüllte Gelände betreten, als er sich auch schon behördlichen Vorschriften gegenübersah. «ALLE SCHWIMMER MÜSSEN SICH DUSCHEN, BEVOR SIE DAS SCHWIMMBAD BETRETEN. ALLE SCHWIMMER MÜSSEN DAS FUSSBAD BENÜTZEN. ALLE SCHWIMMER MÜSSEN IHRE ERKENNUNGSMARKE TRAGEN.» Er duschte sich, wusch sich in einer trüben, scharfen Lauge die Füße und trat an den Rand des Beckens. Das Wasser stank nach Chlor und kam ihm wie eine Kloake vor. Zwei Bademeister auf zwei Beobachtungsständen ließen in offenbar regelmäßigen Abständen ihre Signalpfeifen gellen und beschimpften die Schwimmer über eine Lautsprecheranlage. Neddy dachte sehnsüchtig an das saphirne Wasser der

Bunkers zurück und fürchtete, sich anzustecken und seinem Charme und Wohlbefinden zu schaden, wenn er durch diese Brühe schwamm, aber er vergegenwärtigte sich, daß er ein Forscher war, ein Pilger, und daß dies nur ein toter Arm des Lucinda-Flusses war. Zähneknirschend vor Ekel machte er einen Kopfsprung in das Chlorwasser. Er mußte mit dem Kopf über Wasser schwimmen, um Kollisionen zu vermeiden, aber selbst so wurde er noch gestoßen, bespritzt und angerempelt. Als er den Nichtschwimmerteil erreichte, brüllten beide Bademeister auf ihn ein: «He, Sie da, Sie ohne Erkennungsmarke, machen Sie, daß Sie aus dem Wasser kommen.» Er tat es, aber sie hatten keine Möglichkeit, ihn zu verfolgen, und er ging durch die sonnenöl- und chlorgeschwängerte Luft und durch den Windschutz nach draußen und dann an den Handballplätzen entlang. Er überquerte die Straße und betrat das Waldstück des Halloranschen Besitztums. Zwischen den Bäumen wucherte Gestrüpp, und der Boden war schlüpfrig und unangenehm, bis er den Rasen erreichte und die beschnittene Buchenhecke, die den Swimmingpool umgab.

Die Hallorans waren gute Freunde von ihnen, ein älteres Ehepaar von märchenhaftem Reichtum, das sich darin zu sonnen schien, daß man sie kommunistischer Neigungen verdächtigte. Sie waren eifrige Weltverbesserer, aber sie waren keine Kommunisten. Trotzdem nahmen sie es gern und mit freudiger Erregung zur Kenntnis, wenn ihnen, wie es mitunter vorkam, subversive Tätigkeit vorgeworfen wurde. Ihre Buchenhecke war gelb, und er vermutete, daß sie ebenso von Mehltau befallen war wie der Ahornbaum der Levys. Er rief «hallo, hallo», um die Hallorans darauf vorzubereiten, daß er sich näherte, und seinem Eindringen in ihre Privatsphäre einen harmlosen Anstrich zu geben. Denn die Hallorans trugen aus irgendwelchen, ihm nicht näher bekannten Gründen keine Badeanzüge. Begründungen waren auch gar nicht erforderlich. Ihre Nacktheit war nur eine Begleiterscheinung ihres kompromißlosen Reformeifers, und er legte höflich seine Badehose ab, bevor er durch die Öffnung der Hecke trat.

Mrs. Halloran, eine beleibte Frau mit weißem Haar und einem heiter-gelassenen Gesicht, las in der *Times*. Mr. Halloran holte mit einer Schöpfkelle Buchenblätter aus dem Wasser. Offenbar waren sie weder erstaunt noch unangenehm berührt, ihn zu sehen. Ihr Pool war vielleicht der älteste im Bezirk, ein Rechteck aus Feldsteinen, das von einem Bach gespeist wurde. Es gab weder Filter noch Pumpe, und das Wasser hatte den gleichen undurchsichtigen Goldton wie der Bach.

«Ich schwimme durch den Bezirk», sagte Ned.

«Nanu, das hab ich ja noch gar nicht gewußt, daß man das kann», rief Mrs. Halloran aus.

«Na ja, von den Westerhazys bis hierher hab ich's geschafft», sagte Ned, «das sind ungefähr vier Meilen.»

Er ließ seine Badehose am tiefen Teil, ging zum flachen Teil und schwamm die Strecke zurück. Als er sich aus dem Wasser zog, hörte er Mrs. Halloran sagen: «Es hat uns schrecklich leid getan, als wir von all deinem Unglück hörten, Neddy.»

«Mein Unglück?» fragte Ned. «Ich weiß nicht, was du meinst.»

«Na ja, wir haben gehört, daß du das Haus verkauft hast und daß deine armen Kinder...»

«Ich kann mich nicht erinnern, das Haus verkauft zu haben», sagte Ned, «und die Mädchen sind zu Hause.»

«Ja», seufzte Mrs. Halloran. «Ja...» Ihre Stimme verbreitete eine unangebrachte Melancholie, und Ned sagte aufmunternd: «Danke fürs Schwimmen.»

«Bitte, und gute Reise», sagte Mrs. Halloran.

Hinter der Hecke zog er seine Badehose an und machte sie fest. Sie saß locker, und er überlegte, ob er im Laufe eines Nachmittags so viel abgenommen haben könne. Ihn fror und er war müde, und die nackten Hallorans und ihr dunkles Wasser hatten deprimierend auf ihn gewirkt. Die Schwimmtour ging über seine Kräfte, aber wie hätte er das ahnen sollen, als er heute morgen das Geländer herunterrutschte und bei den Westerhazys in der Sonne saß?

Seine Arme waren lahm. Seine Beine fühlten sich wie Gummi an und schmerzten in den Gelenken. Das Schlimmste war die Kälte, die ihm in den Knochen saß, und das Gefühl, nie wieder warm zu werden. Um ihn herum fielen die Blätter, und der Wind trug den Geruch brennenden Holzes zu ihm herüber. Wer in aller Welt verbrannte um diese Jahreszeit Holz? Er brauchte einen Drink. Whiskey würde ihn wärmen, ihm Auftrieb geben, ihm über die letzte Strecke seiner Reise hinweghelfen und die Gewißheit wiederaufleben lassen, daß es originell und mutig war, den Bezirk zu durchschwimmen. Kanalschwimmer tranken Brandy. Er brauchte ein Stimulans. Er überquerte den Rasen vor dem Halloranschen Haus und ging einen schmalen Pfad hinunter auf das Haus zu, das sie für ihre einzige Tochter Helen und deren Mann Eric Sachs gebaut hatten. Der Pool der Sachs war klein, und er fand Helen und ihren Mann dort.

«Ach, *Neddy*», sagte Helen. «hast du bei Mutter zu Mittag gegessen?»

«*Eigentlich* nicht», sagte Ned. «Ich hab nur kurz bei deinen Eltern reingeschaut.» Diese Erklärung schien zu genügen. «Es tut mir schrecklich leid, daß ich euch so überfalle, aber ich hab mich erkältet und wollte euch um einen Drink bitten.»

«Sonst *liebend* gern», sagte Helen, «aber leider haben wir seit Erics Operation nichts mehr im Hause. Das ist nun schon drei Jahre her.»

Hatte er das Gedächtnis verloren, sollte ihm etwa entfallen sein – dank seiner Gewohnheit, schmerzliche Tatsachen einfach zu verdrängen –, daß er sein Haus verkauft hatte, daß seine Kinder Not litten und sein Freund krank gewesen war? Er ließ den Blick von Erics Gesicht zu seinem Bauch hinuntergleiten, wo er drei blasse, verwachsene Narben sah, von denen zwei mindestens einen Fuß lang waren. Sein Nabel war verschwunden, und Ned überlegte, was die Hand wohl mit einem Bauch ohne Nabel anfangen sollte, wenn sie um drei Uhr morgens im Schlaf kontrollierte, was die Natur einem mitgegeben hatte, ohne Bindeglied zur Geburt, mit dieser Lücke in der Erbfolge?

«Du kannst bestimmt bei Biswangers einen Drink bekommen», sagte Helen. «Da ist gerade ein Riesenfest im Gange. Man hört es bis hier. Horch mal.»

Sie hob den Kopf, und über die Straße, die Rasenflächen, die Gärten, die Wälder und die Felder hörte er wieder das sprühende Stimmengewirr über dem Wasser. «Schön, ich feuchte mich mal eben an», sagte er, immer noch aus dem Gefühl heraus, daß er unter den verschiedenen Mitteln zur Fortbewegung keine freie Wahl hatte. Er sprang in das kalte Wasser der Sachs und legte keuchend und fast ertrinkend den Weg vom einen Ende des Bassins zum andern zurück. «Lucinda und ich würden euch *furchtbar* gern mal sehen», sagte er im Gehen über die Schulter hinweg, das Gesicht schon den Biswangers zugewandt. «Es tut uns leid, daß wir so lange nichts voneinander gehört haben, wir werden uns bald mal bei euch melden.»

Auf dem Weg zu den Biswangers und ihrer geräuschvollen Lustbarkeit mußte er einige Felder überqueren. Es würde ihnen eine Ehre sein, ihm einen Drink anzubieten, sie würden sich freuen, ihm einen Drink anbieten zu können, ja, sie würden geradezu glücklich sein, ihm einen Drink anbieten zu dürfen. Die Biswangers luden Lucinda und ihn viermal im Jahr zum Abendessen ein, und zwar sechs Wochen vorher. Sie erhielten nur Absagen, und doch schickten sie immer wieder ihre Einladungen, als wollten sie die strengen und undemokratischen Gesetze ihrer gesellschaftlichen Wirklichkeit nicht zur Kenntnis nehmen. Sie gehörten zu jenen Leuten, die beim Cocktail über Preise diskutieren, beim Essen Börsentips austauschen und nach dem Essen in Anwesenheit der Damen schmutzige Geschichten erzählen. Sie zählten nicht zu Neddys Freundeskreis – sie standen nicht einmal auf Lucindas Weihnachtskartenliste. Er ging mit aus Gleichgültigkeit und Barmherzigkeit gemischten Gefühlen auf ihren Pool zu, nicht ohne ein gewisses Unbehagen, denn es schien schon dunkel zu werden, und dabei waren dies doch die längsten Tage des Jahres. Die Gesellschaft, unter die er sich mischte, war groß und geräuschvoll. Grace

Biswanger gehörte zu der Art von Gastgeberinnen, die den Optiker, den Tierarzt, den Immobilienhändler und den Zahnarzt einluden. Niemand schwamm, und das im Wasser gespiegelte Zwielicht hatte einen winterlichen Schimmer. Es gab eine Bar, und er ging darauf zu. Als Grace Biswanger ihn sah, kam sie ihm entgegen, aber nicht herzlich, wie er mit Recht erwarten durfte, sondern feindselig.

«Ha, auf dieser Party gibt es aber auch alles», sagte sie laut und vernehmlich, «sogar einen ungebetenen Gast.»

Sie konnte ihn nicht in aller Öffentlichkeit vor den Kopf stoßen, das kam gar nicht in Frage, und er zuckte kein bißchen zusammen. «Ist dir ein ungebetener Gast», fragte er höflich, «einen Drink wert?»

«Tu dir keinen Zwang an», sagte sie. «Du scheinst ja auf Einladungen keinen großen Wert zu legen.»

Sie kehrte ihm den Rücken, um sich irgendwelchen Gästen zu widmen, und er ging zur Bar hinüber und verlangte einen Whiskey. Der Barkeeper bediente ihn, aber er bediente ihn unhöflich. Neddys Welt war eine Welt, in der die Angestellten der Lieferfirma gesellschaftliche Zensuren verteilten, und eine Zurücksetzung durch einen Halbtagsbarkeeper bedeutete, daß er in der allgemeinen Wertschätzung gesunken war. Oder vielleicht war der

Mann nur neu und wußte nicht Bescheid. Dann hörte er Grace hinter seinem Rücken sagen: «Sie haben von einem Tag auf den andern Bankrott gemacht – nur Einkommen –, und eines Sonntags tauchte er hier betrunken auf und wollte uns um fünftausend Dollar anpumpen!» Sie sprach ständig über Geld. Es war schlimmer, als Erbsen mit dem Messer zu essen. Er sprang ins Bassin, schwamm von einem Ende zum andern und machte, daß er wegkam.

Der nächste Swimmingpool auf seiner Liste, der vorvorletzte, gehörte seiner ehemaligen Geliebten, Shirley Adams. Wenn ihm bei den Biswangers irgendeine Kränkung widerfahren war – hier würde er davon geheilt werden. Die Liebe – in diesem Fall eher ein sexuelles Gerangel – war das entscheidende Elixier, der Sorgenbrecher, die bunte Pille, die seinem Schritt die frühlingshafte Beschwingtheit, seinem Herzen die Lebensfreude wiedergeben würde. Sie hatten noch vor einer Woche, einem Monat, einem Jahr eine Liebesaffäre gehabt. Er konnte sich nicht mehr genau erinnern, wann. Jedenfalls hatte er selbst Schluß gemacht, er hatte die Oberhand, und er schritt durch das Tor in der Mauer, die ihren Swimmingpool umgab, mit absolutem Selbstvertrauen. Irgendwie schien der Pool ihm zu gehören, da ja der Liebhaber, insbesondere der heimliche Liebhaber, über den Besitz seiner Geliebten mit einer Autorität verfügt, die dem heiligen Ehestand fremd ist. Sie war da mit ihrem messingfarbenen Haar, aber ihre Gestalt am Rande des erleuchteten, himmelblauen Wassers ließ keine tieferen Erinnerungen in ihm wach werden. Es war doch, dachte er, eine recht oberflächliche Affäre gewesen, obwohl sie geweint hatte, als er mit ihr brach. Sie schien bestürzt, ihn hier zu sehen, und er fragte sich, ob sie womöglich noch immer gekränkt war. Gott bewahre, wollte sie etwa wieder anfangen zu weinen?

«Was willst du?» fragte sie.

«Ich schwimme durch den Bezirk.»

«Lieber Gott. Willst du denn nie erwachsen werden?»

«Was ist denn?»

«Wenn du wegen Geld kommst», sagte sie, «ich geb dir keinen Cent mehr.»

«Du könntest mir einen Drink geben.»

«Ich könnte, aber ich will nicht. Ich bin nicht allein.»

«Schön, ich muß weiter.»

Er sprang in den Pool und schwamm hindurch, aber als er versuchte, sich am Beckenrand hochzuziehen, merkte er, daß er in den Armen und Schultern keine Kraft mehr hatte, und er paddelte zur Leiter und kletterte hinaus. Als er über die Schulter einen Blick zurückwarf, sah er in dem erleuchteten Umkleidehäuschen einen jungen Mann. Er ging über den dunklen Rasen, und mit der Nachtluft schlug ihm irgendein hartnäckiger herbstlicher Geruch wie von Chrysanthemen oder Ringelblumen entgegen, stark wie Gas. Als er aufblickte, sah er, daß schon die Sterne am Himmel standen, aber warum kam es ihm so vor, als sähe er Andromeda, Kepheus und Kassiopeia? Was war aus den sommerlichen Sternbildern geworden? Er fing an zu weinen.

Es war wahrscheinlich das erste Mal in seinem Leben, seit er erwachsen war, daß er weinte, und ganz gewiß das erste Mal überhaupt, daß er sich so elend, kalt, müde und benommen fühlte. Er konnte weder die Unverschämtheit des Barkeepers noch die abweisende Kälte einer Geliebten begreifen, die vor ihm auf den Knien gelegen und seine Hose mit Tränen genetzt hatte. Er war zu lange geschwommen, er war zu lange im Wasser gewesen, und Hals und Nase taten ihm weh. Er brauchte unbedingt einen Drink, etwas Gesellschaft und ein paar saubere, trockene Sachen, aber obwohl er auch direkt über die Straße zu seinem Haus gelangen konnte, ging er doch noch weiter zum Swimmingpool der Gilmartins. Hier machte er zum erstenmal in seinem Leben keinen Kopfsprung, sondern ging die Stufen hinunter in das eisige Wasser und schwamm mit schlingernden seitlichen Stößen, die aussahen, als hätte er sie als Junge gelernt. Auf dem Weg zu den Clydes taumelte er vor Müdigkeit. Er paddelte von einem Ende ihres Pools zum andern und hielt immer wieder an, um mit der Hand auf dem Bekkenrand zu verschnaufen. Er kletterte die Leiter hinauf und fragte sich, ob er noch die Kraft hatte, nach Hause zu gelangen. Er hatte sein Vorhaben in die Tat umgesetzt, er hatte den Bezirk durchschwommen, aber die Erschöpfung hatte ihn so abgestumpft, daß er nur ein flüchtiges Triumphgefühl empfand. Gebückt und an den Torpfosten Halt suchend, bog er in die Einfahrt seines eigenen Hauses ein.

Alles war dunkel. War es schon so spät, daß sie alle zu Bett gegangen waren? War Lucinda bei den Westerhazys zum Abendessen geblieben? Hatten sich die Mädchen dort mit ihr getroffen, oder waren sie noch woandershin gefahren? Hatten sie denn nicht wie sonst am Sonntag verabredet, alle Einladungen abzulehnen und zu Hause zu bleiben? Er versuchte, die Garagentüren zu öffnen, um zu sehen, welche Wagen drinnen standen, aber sie waren verschlossen, und von den Türgriffen blieb Rost an seinen Händen haften. Als er auf das Haus zuging, sah er, daß der heftige Gewittersturm eine der Regenrinnen losgerissen hatte. Sie hing wie eine abgebrochene Schirmstange über der Haustür, aber man konnte sie ja morgen früh wieder festmachen. Das Haus war verschlossen, und er dachte, daß die blöde Köchin oder das blöde Mädchen alles abgeschlossen haben mußten, bis ihm einfiel, daß sie schon seit einiger Zeit kein Mädchen und keine Köchin mehr hatten. Er schrie, er hämmerte auf die Tür ein, er versuchte sie mit der Schulter einzudrücken, und dann, als er durch die Fenster hineinblickte, sah er auf einmal, daß das Haus leer war.

Der Einbrecher von Shady Hill

Ich heiße Johnnie Hake. Ich bin sechsunddreißig Jahre alt, messe ohne Schuhe fünf Fuß elf, wiege hundertzweiundvierzig Pfund netto, bin im Augenblick sozusagen nackt und rede im Dunkeln vor mich hin. Ich wurde im Hotel St. Regis empfangen, im Presbyterian Hospital geboren, bin am Sutton Place aufgewachsen, in St. Bartholomew's getauft und konfirmiert, habe mit den Knickerbocker Grays trainiert, im Central Park Fußball und Baseball gespielt, an den Gerüsten von East-Side-Apartmenthaus-Baldachinen meine ersten Klimmzüge gemacht und meine Frau (Christina Lewis) bei einem der großen Kotillons im Waldorf kennengelernt. Ich war vier Jahre bei der Marine, habe inzwischen vier Kinder und wohne in einem *banlieue* namens Shady Hill. Wir haben ein hübsches Haus mit Garten und Freiluftgrill, und wenn ich an Sommerabenden mit den Kindern dort sitze und in Christinas Ausschnitt hineinsehe, während sie sich vornüberbeugt, um die Steaks zu salzen, oder einfach zu den Himmelslichtern aufblicke, bin ich davon ebenso elektrisiert wie von verwegeneren und gefährlicheren Unternehmungen, und ich glaube, dies und nichts anderes ist damit gemeint, wenn man von der schmerzlichen Süße des Lebens spricht.

Gleich nach dem Kriege fing ich an, für Parablendeum, einen Folienhersteller, zu arbeiten, und schien auf dem besten Wege zu sein, den Rest meines Lebens dort zu verbringen. Die Firma war patriarchalisch organisiert, das heißt, der Alte halste einem eine Sache auf und beorderte einen dann zur nächsten, und er steckte seine Nase in jeden Dreck – auch in die Fabrik in Jersey und in den im Bau befindlichen Veredlungsbetrieb in Nashville – und tat so, als hätte er die ganze Firma während eines Nickerchens so ganz nebenbei aus dem Ärmel geschüttelt. Ich ging dem Alten aus dem Wege, wo ich konnte, und tat in seiner Gegenwart, als hätte er mich höchsteigenhändig aus einem Klumpen Lehm geschaffen und mir den Atem des Lebens eingehaucht. Er gehörte zu der Art von Despoten, die ein Aushängeschild brauchen, und das war Gil Bucknams Aufgabe. Er war die rechte Hand des Alten, sein Aushängeschild und sein Friedensstifter und konnte jeden Geschäftsabschluß mit der Menschlichkeit verbrämen, die dem Alten abging, aber er hörte auf einmal auf, ins Geschäft zu kommen – erst für einen oder zwei Tage, dann zwei Wochen und dann noch länger. Wenn er wiederkam, pflegte er über Magenbeschwerden oder Sehstörungen zu klagen, obwohl jeder sehen konnte, daß er angetrunken war. Das war auch gar nicht weiter verwunderlich, denn eins der Dinge, die er für die Firma tun mußte, war hartes Trinken. Der Alte sah es sich ein Jahr lang mit an, dann kam er eines Morgens zu mir ins Büro und beauftragte mich, zu Bucknams Apartment rüberzufahren und ihm den Stuhl vor die Tür zu setzen.

Das war ebenso abwegig und hinterhältig, als wollte man einen Laufjungen schicken, um den Aufsichtsratsvorsitzenden zu feuern. Bucknam war mein Vorgesetzter und viel älter als ich, ein Mann, für den es eine Herablassung bedeutete, wenn er mich zu einem Drink einlud, aber so war der Alte nun mal, und ich wußte, was ich zu tun hatte. Ich rief in Bucknams Wohnung an, und Mrs. Bucknam sagte, Gil sei am Nachmittag zu sprechen. Ich aß allein zu Mittag und trieb mich bis gegen drei im Büro herum, um mich dann *zu Fuß* auf den Weg von unserm Innenstadtbüro zu Bucknams Wohnung in den East Seventies zu machen. Es war Frühherbst – die Baseballmeisterschaften waren im Gange –, und ein Gewitter zog über der Stadt auf. Als ich vor Bucknams Haus angelangt war, konnte ich fernen Kanonendonner hören und den Regen riechen. Mrs. Bucknam öffnete, und ihrem Gesicht sah man alle Sorgen des vergangenen Jahres deutlich an, obwohl sie es hastig mit einer dicken Puderschicht bedeckt hatte. Ich habe noch nie so ausgebrannte Augen gesehen, und dazu hatte sie noch so ein altmodisches, großgeblümtes Gartenpartykleid an. (Sie hatten drei Kinder im College, das wußte ich, außerdem einen Schoner, den jemand in Schuß halten mußte, und auch sonst noch Unkosten.) Gil lag im Bett, und Mrs. Bucknam führte mich ins Schlafzimmer. Der Ausbruch des Gewitters stand unmittelbar bevor, und alles lag in einem sanften Halbdunkel, als wäre schon die Dämmerung hereingebrochen und als sollten wir lieber schlafen und träumen, statt uns gegenseitig schlechte Nachrichten zu bringen.

Gil war munter, liebenswürdig und leutselig und sagte, er freue sich ja *so*, mich zu sehen; er habe doch auf der letzten Reise nach Bermuda Geschenke für meine Kinder gekauft und nur vergessen, sie abzuschicken. «Würdest du die Sachen mal herholen, Liebling?» fragte er. «Weißt du noch, wo wir sie hingetan haben?» Dann kam sie mit fünf oder sechs großen und kostspielig aussehenden Paketen wieder ins Zimmer und packte sie mir auf den Schoß.

An meine Kinder denke ich fast immer nur mit Freude, und es gibt nichts, was ich lieber täte, als ihnen etwas zu schenken. Ich war gerührt. Natürlich war es eine Finte – ihre wahrscheinlich – und wohl nur eine von vielen, die sie sich im letzten Jahr ausgedacht haben mußte, um ihre Welt zusammenzuhalten. (Das Einwickelpapier war nicht neu, das sah man sofort, und als ich nach Hause kam und ein paar alte Kaschmirsweater darin fand, die Gils Töchter nicht mit ins College genommen hatten, und eine Schottenmütze mit angeschmutztem Schweißleder, wurde mein Mitgefühl für die Bucknams und ihre Bedrängnis dadurch eher noch größer.) Mit dem Schoß voll von Geschenken für meine Kinderchen und dem Wohlwollen, das mir aus allen Fugen entgegenquoll, konnte ich ihn einfach nicht in die Wüste schicken. Wir unterhielten uns über die Baseballmeisterschaften und über ein paar kleinere Büroaffären, und als der Sturm und der Regen losgingen, half ich Mrs. Bucknam noch, die Zimmerfenster zu schließen; dann verabschiedete ich mich und fuhr mit einem frühen Zug durch das Gewitter nach Hause. Fünf Tage später hatte Gil endgültig die Kurve gekriegt und kam ins Büro zurück, um dort wieder zur Rechten des Alten zu sitzen, und mein Skalp war einer der ersten, auf die er Jagd machte. Wenn ich vom Schicksal dazu bestimmt gewesen wäre, ein russischer Ballettänzer zu werden oder kunstgewerblichen Schmuck herzustellen oder Schuhplattlertänzer auf Kommodenschubladen und Landschaften auf Muscheln zu malen und in irgendeiner gottverlassenen Gegend wie Provincetown zu wohnen, hätte ich wohl kaum einen sonderbareren Haufen Menschen kennenlernen können als in der Folienindustrie, und so faßte ich den Entschluß, mich auf eigene Faust durchzuschlagen.

Meine Mutter hat mir beigebracht, nie über Geld zu sprechen, solange ich volle Taschen hätte, und es hat mir immer widerstrebt, davon zu sprechen, wenn die Kasse leer war, also kann ich von dem, was sich in den nächsten sechs Wochen abspielte, kaum ein anschauliches Bild entwerfen. Ich mietete mir ein Büro – einen kleinen Verschlag, in dem es außer Schreibtisch und Telefon nichts gab, was diesen Namen rechtfertigte – und fing an, Briefe rauszuschicken, aber sie wurden nur selten beantwortet, und das Telefon hätte genausogut abgestellt sein können, und als die Zeit kam, wo ich mir Geld borgen mußte, wußte ich nicht, an wen ich mich wenden sollte. Meine Mutter haßte Christina, und ich glaube sowieso kaum, daß sie viel Geld hat, denn als ich noch klein war, konnte sie mir nie einen Mantel oder ein Käsebrot kaufen, ohne mir zu versichern, daß sie dafür ihre Ersparnisse angreifen müsse. Ich hatte jede Menge Freunde, aber selbst wenn mein Leben auf dem Spiel stünde, könnte ich niemanden um einen Drink bitten und ihn dann um fünfhundert Piepen anhauen – und ich brauchte mehr. Das Schlimmste an der ganzen Sache war, daß ich meiner Frau die Lage der Dinge alles andere als wahrheitsgetreu geschildert hatte.

Über all dies zerbrach ich mir an dem Abend den Kopf, an dem wir uns umzogen, um ein paar Häuser weiter bei den Warburtons essen zu gehen. Christina saß am Frisiertisch und machte ihre Ohrringe fest. Sie ist eine hübsche Frau in der Blüte ihrer Jahre, und von finanziellen Notlagen hat sie nicht die mindeste Ahnung. Ihr Nacken ist anmutig, ihre Brüste hoben sich schimmernd unter dem Stoff ihres Kleides, und als ich das angemessene und gesunde Wohlgefallen sah, das sie an ihrem eigenen Spiegelbild hatte, konnte ich ihr beim besten Willen nicht erzählen, daß wir ruiniert waren. Sie hatte mir einen großen Teil meines Lebens versüßt, und wenn ich sie beobachtete, kam es mir so vor, als lebten irgendwelche klaren und hellen Kraftquellen in mir auf, die mir das Zimmer, die Bilder an der Wand und den Mond, den ich durch das Fenster sehen konnte, heiter und glänzend erscheinen ließen. Die Wahrheit würde sie zum Weinen bringen, ihr das Make-up und die Dinnerparty der Warburtons verderben, und sie würde im Gästezimmer schlafen. Ihre Schönheit und die Macht, die sie über meine Sinne ausübte, schienen ebenso wirklich zu sein wie die Tatsache, daß unser Bankkonto überzogen war.

Die Warburtons sind reich, aber nicht sehr gesellig, vielleicht sind sie auch gar nicht darauf aus. Sie ist ein alterndes Mauerblümchen und er so jemand, den man auf der Schule nicht hätte ausstehen können. Er hat unreine Haut, eine knarrende Stimme und eine fixe Idee – Geilheit. Die Warburtons geben dauernd Geld aus, und das ist auch das einzige, worüber man sich mit ihnen unterhalten kann. Ihr

Hallenfußboden ist aus schwarzweißem Marmor und stammt aus dem alten Ritz, ihre Cabañas auf Sea Island werden gerade für den Winter hergerichtet, sie wollen für zehn Tage nach Davos fliegen, ein paar Reitpferde kaufen und einen neuen Flügel anbauen. An diesem Abend kamen wir spät, und die Meserves und Chesneys waren schon da, aber Carl Warburton war noch nicht nach Hause gekommen, und Sheila schien besorgt. «Carl muß auf dem Weg zum Bahnhof immer durch einen gräßlichen Slum», sagte sie, «und dabei hat er Tausende von Dollar bei sich, und ich hab solche Angst, er könnte belästigt werden...» Dann kam Carl nach Hause, erzählte vor versammelter Gesellschaft eine schmutzige Geschichte, und wir gingen zu Tisch. Es war die Art Party, für die man sich vorher duscht und seine besten Sachen anzieht und für die irgendeine alte Köchin schon seit Tagesanbruch Pilze geputzt oder Krabben aus der Schale gepult hat. Ich wollte mich gern amüsieren. Das war mein Wunsch, aber an diesem Abend hatten meine Wünsche nicht die Kraft, mich über den Boden der Tatsachen hinwegzutragen. Ich kam mir vor wie auf irgendeiner gottverdammten Geburtstagsgesellschaft aus meiner Kindheit, zu der mich meine Mutter mit Drohungen und Versprechungen hingeschleppt hatte. Die Party löste sich um halb zwölf auf, und wir gingen nach Hause. Ich blieb draußen im Garten und rauchte eine von Carl Warburtons

Zigarren zu Ende. Es war Donnerstag abend, und meine Schecks würden erst Dienstag platzen, aber es mußte bald etwas geschehen. Als ich nach oben ging, schlief Christina schon, und ich selbst schlief auch ein, wachte aber gegen drei wieder auf.

Ich hatte davon geträumt, wie man Brot in bunte Parablendeum-Filmexfolie einwickeln könnte. Ich hatte mir sogar eine ganzseitige Anzeige in einer vielgelesenen Illustrierten zusammengeträumt: BRINGEN SIE ETWAS FARBE IN IHRE BROTTROMMEL! Die Seite war mit juwelenfarbenen Brotlaiben bedeckt – türkisfarbenes Brot, rubinrotes Brot und smaragdgrünes Brot. Im Schlaf hatte ich den Gedanken gut gefunden, er hatte mich aufgemuntert, und es war eine herbe Enttäuschung, mich im dunklen Schlafzimmer wiederzufinden. In meiner Niedergeschlagenheit dachte ich an all die ungelösten Probleme meines Lebens, und dabei fiel mir meine alte Mutter ein, die allein in einem Hotel in Cleveland lebt. Ich sah sie vor mir, wie sie sich ankleidete, um hinunterzugehen und im Speisesaal ihr Abendessen einzunehmen. So, wie ich sie mir vorstellte, machte sie einen bemitleidenswerten Eindruck – allein und unter Fremden. Aber als sie sich zu mir umdrehte, sah ich, daß sie immer noch ein paar scharfe Zähne im Mund hatte.

Sie hat mich aufs College geschickt, hat es mir ermöglicht, meine Ferien in schönen Gegenden zu verbringen, und meinen Ehrgeiz angestachelt, soweit es ging, aber sie hat sich meiner Heirat heftig widersetzt, und unsere Beziehungen sind seitdem gespannt. Ich hab sie schon oft eingeladen, zu kommen und bei uns zu wohnen, aber sie lehnt es immer wieder ab und immer irgendwie gekränkt. Ich schicke ihr Blumen und Geschenke und schreibe ihr jede Woche, aber diese Aufmerksamkeiten scheinen sie nur in der Überzeugung zu bestärken, daß meine Heirat für sie und mich eine Katastrophe gewesen sei. Dann dachte ich an ihre Schürzenbänder, denn als ich noch klein war, schien sie mir eine Frau zu sein, deren Schürzenbänder über den Atlantik und den Pazifik reichten und sogar wie Dunststreifen um die ganze Himmelskuppel geschlungen waren. Ich konnte jetzt ohne Angst und Auflehnung an sie denken – nur mit Bedauern, weil alle unsere Anstrengungen durch sowenig ungetrübte Zuneigung belohnt wurden und wir nicht einmal eine Tasse Tee zusammen trinken konnten, ohne alle möglichen alten Wunden aufzureißen. Ich sehnte mich danach, das wieder in Ordnung zu bringen, die ganze Beziehung zu meiner Mutter noch einmal vor einem einfacheren und menschlicheren Hintergrund durchzuspielen, wo meine Ausbildungskosten nicht so teuer mit krankhaften Gemütsbewegungen bezahlt werden mußten. Ich wollte in irgendeinem Arkadien der Gefühle wieder ganz von vorn anfangen, in dem wir uns dann beide so verhalten würden, daß ich um drei

Uhr morgens ohne Gewissensbisse an sie denken konnte und sie sich im Alter nicht vereinsamt und vernachlässigt vorzukommen brauchte.

Ich rückte ein wenig näher an Christina heran, kam dabei in den Bereich ihrer Körperwärme und fühlte mich auf einmal glücklich und mit allem zufrieden, aber sie bewegte sich im Schlaf von mir weg. Ich hustete. Ich hustete noch einmal. Ich hustete laut. Ich konnte überhaupt nicht wieder aufhören zu husten, stand auf, ging ins dunkle Badezimmer und trank ein Glas Wasser. Ich stand am Badezimmerfenster und sah in den Garten hinunter. Draußen ging ein leichter Wind. Er schien die Richtung zu wechseln. Er rauschte wie der Morgenwind – die Luft war von einem regenschauerartigen Prasseln erfüllt – und kühlte mir angenehm das Gesicht. Hinter der Toilette lagen ein paar Zigaretten, und ich steckte mir eine an, um wieder einschlafen zu können. Aber beim ersten Zug reizte der Rauch meine Lunge, und ich war auf einmal fest überzeugt, an Bronchialkrebs sterben zu müssen. Ich habe schon unter allen möglichen albernen Zwangsvorstellungen gelitten – ich habe nach Ländern Heimweh gehabt, die ich noch nie gesehen hatte, und mich danach gesehnt, etwas zu werden, was ich nie werden konnte –, aber mit dieser Todesahnung verglichen, waren alle diese Anwandlungen alltäglich. Ich warf meine Zigarette in die Toilette (ping) und nahm eine kerzengerade Haltung an, aber die Schmerzen in meiner Brust wurden nur stechender, und ich kam zu der Überzeugung, daß die Auflösung bereits eingesetzt hatte. Ich wußte, daß ich Freunde hatte, die sich gern meiner erinnern würden, und Christina und die Kinder würden mir bestimmt ein liebendes Andenken bewahren. Aber dann dachte ich wieder an Geld, an die Warburtons und an meine ungedeckten Schecks, die auf dem Weg zur Verrechnungsstelle waren, und ich fand, das Geld sei der Liebe eben doch um mehrere Längen voraus. Ich habe mich nach dieser oder jener Frau gesehnt – bis zum Verrücktwerden, wirklich –, aber ich glaube, so habe ich mich noch nie nach einem Menschen gesehnt, wie ich mich in dieser Nacht nach Geld sehnte. Ich ging zum Schlafzimmerschrank und zog ein Paar alte blaue Segeltuchschuhe, eine Hose und einen dunklen Pullover an. Dann ging ich die Treppe hinunter und aus dem Haus. Der Mond war untergegangen, und nur wenige Sterne waren zu sehen, aber die Luft über den Bäumen und Hecken war von mattem Licht erfüllt. Ich schlich auf meinen Gummisohlen durch das Gras um den Garten der Trenhomes herum und über den Rasen zum Haus der Warburtons hinüber. Ich lauschte vor den offenen Fenstern, hörte aber nur das Ticken meiner Uhr. Ich ging die Freitreppe hinauf, öffnete die Windfangtür und machte mich daran, den Fußboden aus dem alten Ritz zu überqueren. In dem matten Nachtlicht, das durch die Fenster hereinfiel, sah das Haus wie eine Muschel aus, wie ein Nautilus, dazu geschaffen, in sich selbst zu ruhen.

Ich hörte eine Hundemarke rasseln, und Sheilas alter Cocker kam durch die Halle getrottet. Ich kraulte ihn hinter den Ohren, und schon ging er wieder zu seinem Lager, wo dieses auch sein mochte, zurück, knurrte und schlief ein. Ich kannte den Grundriß des Warburtonschen Hauses ebenso gut wie das meines eigenen. Das Treppenhaus war mit Teppichen ausgelegt, aber ich stellte zuerst nur einen Fuß auf eine Stufe, um zu sehen, ob sie knarrte. Dann ging ich die Treppe hoch. Alle Schlafzimmertüren standen offen, und aus Carls und Sheilas Schlafzimmer, wo ich bei großen Cocktailpartys oft meinen Mantel abgelegt hatte, hörte ich tiefe Atemzüge. Ich blieb eine Sekunde in der Tür stehen, um die Lage zu peilen. In der Dunkelheit konnte ich das Bett nur undeutlich erkennen, und über einer Stuhllehne hingen ein Jackett und ein Paar Hosen. Mit einem schnellen Schritt war ich im Zimmer, nahm ein großes Bündel Banknoten aus der Brusttasche der Jacke und machte, daß ich zurück in den Flur kam. Vielleicht hatte die heftige Gemütsbewegung mich unbeholfen gemacht, denn Sheila wachte auf. Ich hörte, wie sie sagte: «Hast du das Geräusch gehört, Liebling?» – «Der Wind», murmelte er, und dann waren sie still. Auf dem Flur war ich sicher – sicher vor allem und jedem außer mir selbst. Ich glaube, ich hatte eine Art Nervenzusammenbruch da draußen. Ich hatte keinen Speichel mehr, alle Schmiermittel waren aus meinem Herzen gewichen, und alle Säfte oder was es sonst war, was meinen Beinen bisher zu aufrechter Haltung verholfen hatte, ließen mich im Stich. Ich mußte mich an der Wand festhalten, um überhaupt noch von der Stelle zu kommen. Auf dem Weg die Treppe hinunter klammerte ich mich ans Geländer und wankte so aus dem Hause.

Als ich wieder in meiner eigenen dunklen Küche angelangt war, trank ich drei oder vier Gläser Wasser. Ich muß eine halbe Stunde oder länger neben dem Ausguß gestanden haben, ehe ich daran dachte, einen Blick in Carls Brieftasche zu werfen. Ich stellte mich auf die Kellertreppe und schloß die Kellertür hinter mir, bevor ich das Licht andrehte. Es waren etwas über neunhundert Dollar. Ich drehte das Licht aus und ging wieder in die dunkle Küche. Ach, ich hätte nie gedacht, daß ein Mensch so elend sein und daß sich in seinem Innern so viele Kammern auftun und sich mit Selbstvorwürfen füllen könnten! Wo waren die Forellenbäche und die andern unschuldigen Freuden meiner Jugend? Der feuchte Ledergeruch der lauten Wasser und der würzigen Wälder nach einem prasselnden Regenguß oder die Sommerlüfte, die bei Tagesanbruch wie der Atem von Holsteinern nach Gras rochen –

so daß einem schwindelte –, und alle Bäche voll (so stellte ich es mir in der dunklen Küche vor) von Forellen oder versunkenen Schätzen. Ich weinte.

Shady Hill ist, wie gesagt, ein *banlieue* und insofern der Kritik von Stadtplanern, Abenteurern und Dichtern in besonderem Maße ausgesetzt, aber wenn man in der Innenstadt arbeitet und Kinder großziehen muß, kann ich mir keine günstigere Wohngegend vorstellen. Meine Nachbarn sind zwar reich, aber in diesem Fall bedeutet Reichtum Muße, und sie machen weisen Gebrauch von ihrer Zeit. Sie reisen um die Welt, hören gute Musik, und wenn sie auf dem Flugplatz unter den dort ausliegenden Taschenbüchern ihre Wahl treffen, so suchen sie sich Thukydides aus und manchmal auch einen Thomas von Aquin. Trotz der dringenden Empfehlung, Luftschutzbunker zu bauen, pflanzen sie Bäume und Rosen, und ihre Gärten sind prächtig und bunt. Wenn mein Blick durchs Badezimmerfenster am nächsten Morgen auf irgendeine übelriechende Großstadtruine gefallen wäre, hätte mir der Gedanke an das, was ich getan hatte, vielleicht keinen ganz so heftigen Schock versetzt, aber die moralischen Grundfesten waren aus meiner Welt herausgebrochen, ohne das Sonnenlicht auch nur um ein Stäubchen zu verändern. Ich zog mich heimlich an – denn welches Kind der Finsternis möchte schon die fröhlichen Stimmen seiner Familie hören? – und nahm einen frühen Zug. Mein Gabardineanzug sollte eigentlich von Sauberkeit und Rechtschaffenheit zeugen, aber ich war eine erbärmliche Kreatur, deren Schritte jemand fälschlich für das Rauschen des Windes gehalten hatte. Ich sah in die Zeitung. In der Bronx hatte ein Dreißigtausend-Dollar-Bankraub stattgefunden. Eine Matrone aus White Plains hatte bei der Heimkehr von einer Party festgestellt, daß alle ihre Pelze und Schmucksachen verschwunden waren. Medikamente im Werte von sechzigtausend Dollar waren aus einem Kaufhaus in Brooklyn gestohlen worden. Als ich entdeckte, wie alltäglich das war, was ich getan hatte, ging es mir schon besser. Aber nur ein bißchen besser und nur für kurze Zeit. Dann konnte ich mich der Einsicht nicht länger verschließen, daß ich ein gewöhnlicher Dieb und Betrüger war und etwas getan hatte, das so verwerflich war, daß es die Grundsätze aller bekannten Religionen verletzte. Ich hatte gestohlen, und mehr noch, ich hatte in verbrecherischer Absicht das Haus eines Freundes betreten und alle ungeschriebenen Gesetze gebrochen, die das Gemeinwesen zusammenhielten. Mein Gewissen hackte auf meine Seele ein – wie der harte Schnabel eines Raubvogels –, bis mein linkes Auge anfing zu zucken und ich wieder am Rande eines Nervenzusammenbruchs zu stehen meinte. Als der Zug die Innenstadt erreicht hatte, ging ich auf die Bank. Als ich aus der Bank kam, wäre ich beinahe von einem Taxi angefahren worden. Meine Hauptsorge galt weniger meinen Knochen als der Möglichkeit, daß Carl Warburtons Brieftasche in meiner Tasche gefunden werden könnte. Sobald ich mich unbeobachtet glaubte, wischte ich die Brieftasche an meiner Hose ab (um die Fingerabdrücke zu entfernen) und ließ sie in einen Mülleimer fallen.

Ich meinte, etwas Kaffee würde mich vielleicht aufmöbeln, ging in ein Restaurant und setzte mich zu einem Unbekannten an den Tisch. Die beschmutzten Papierspitzendeckchen und halbleeren Wassergläser waren noch nicht abgeräumt, und auf dem Platz des Unbekannten lagen fünfunddreißig Cent, die der vorige Gast dort als Trinkgeld hinterlassen hatte. Ich blickte auf die Speisekarte, sah aber aus dem Augenwinkel, wie der Unbekannte die fünfunddreißig Cent einsteckte. So ein Gauner! Ich stand auf und verließ das Restaurant.

Ich ging in meinen Verschlag, hängte Hut und Mantel auf, setzte mich an meinen Schreibtisch, zog die Manschetten unter der Jacke hervor, seufzte und starrte in die leere Luft, als sollte ein Tag voll wichtiger Anforderungen und Entscheidungen beginnen. Ich hatte kein Licht angedreht. Nach kurzer Zeit betrat jemand das Büro nebenan, und ich hörte, wie mein Nachbar sich räusperte, hustete, ein Streichholz anriß und sich niederließ, um die Tagesgeschäfte in Angriff zu nehmen.

Die Wände waren dünn – zum Teil aus Mattglas, zum Teil aus Sperrholz –, und an eine akustische Privatsphäre war in diesen Büros nicht zu denken. Ich suchte in meiner Tasche nach einer Zigarette, ebenso verstohlen, wie ich bei den Warburtons gewesen war, und wartete auf den Lärm eines vorbeifahrenden Lastwagens, bevor ich ein Streichholz anzündete. Die Erregung des Lauschers packte mich. Mein Nachbar versuchte, über das Telefon Uranaktien zu verkaufen. Seine Methode sah folgendermaßen aus: Zuerst war er höflich. Dann wurde er unangenehm. «Was ist mit Ihnen los, Mrs. X? Wollen Sie etwa kein Geld verdienen?» Dann wurde er *sehr* geringschätzig. «Es tut mir leid, daß ich Sie belästigt habe, aber ich dachte, Sie *hätten* vielleicht fünfundsechzig Dollar zu investieren.» Er wählte zwölf Rufnummern, ohne einen Abnehmer zu finden. Ich war mucksmäuschenstill. Dann rief er die Auskunft in Idlewild an, um sich nach den Ankunftszeiten der Maschinen aus Europa zu erkundigen. London war pünktlich. Rom und Paris verspäteten sich. «Nein, der ist noch nicht drin», hörte ich ihn am Telefon sagen. «Drüben ist es dunkel.» Mein Herz schlug schneller. Dann fing mein Telefon an zu läuten, und ich zählte zwölf Male, bevor es aufhörte. «Ich bin sicher, ich bin sicher», sagte der Mann im Büro nebenan. «Ich höre sein Telefon klingeln, und er nimmt nicht ab, er ist auch nur so 'n armer Schlukker, der sich ’n Job sucht. Legen Sie los, legen Sie los, sag ich Ihnen. Ich hab keine Zeit, rüberzugehen. Legen Sie los... Sieben, acht, drei, fünf, sieben, sieben...» Als er auflegte, ging ich zur Tür, öffnete und schloß sie, drehte das Licht an, ließ die Mantelhaken klappern, pfiff eine Melodie, ließ mich schwer in meinen Schreibtischstuhl fallen und wählte die erste Rufnummer, die mir einfiel. Es war ein alter Freund – Burt Howe –, und er stieß einen Freudenruf aus, als er meine Stimme erkannte.

«Hakie, ich hab überall nach dir gesucht! Du hast wohl deine Zelte abgebrochen und dich weggestohlen.»

«Ja», sagte ich.

«Weggestohlen», wiederholte Howe. «Einfach weggestohlen. Aber worüber ich eigentlich mit dir sprechen wollte, ist dieses Geschäft, von dem ich dachte, daß es vielleicht etwas für dich wäre. Es ist eine einmalige Sache, aber es wird dich nicht mehr als drei Wochen kosten. Es ist der reinste Diebstahl. Die Leute sind grün, dumm und haben Geld wie Heu, und es ist so gut wie gestohlen.»

«Ja», sagte ich.

«Schön, können wir uns um zwölf Uhr dreißig zum Essen bei Cardin’s treffen, damit ich dir alles Nähere mündlich sagen kann?»

«O. K.», sagte ich heiser. «Tausend Dank, Burt.»

«Wir waren Sonntag draußen in der Hütte»,

sagte der Mann im Büro nebenan gerade, als ich auflegte. «Louise wurde von einer giftigen Spinne gebissen. Der Arzt hat ihr irgendeine Spritze gegeben. Es geht ihr schon besser.» Er wählte eine andere Nummer und fing an: «Wir waren Sonntag draußen in der Hütte. Louise wurde von einer giftigen Spinne gebissen. Der Arzt hat ihr irgendeine Spritze gegeben. Es geht ihr schon besser.» Er wählte eine andere Nummer und fing an: «Wir waren Sonntag draußen in der Hütte. Louise wurde von einer giftigen Spinne gebissen...»

Es war ja gut möglich, daß ein Mann, dessen Frau von einer Spinne gebissen worden war, drei oder vier Freunde anrief, wenn er die Zeit dazu fand, und ihnen davon erzählte, aber es war auch ebensogut möglich, daß die Spinne eine verschlüsselte Warnung oder Einverständniserklärung zu irgendeinem gesetzwidrigen Geschäft darstellte. Was mich erschreckte, war eher das Gefühl, nur noch von Dieben und Spekulanten umgeben zu sein, seit ich selbst ein Dieb geworden war. Mein linkes Auge hatte wieder angefangen zu zucken, und die Unfähigkeit der einen Hälfte meines Ich, sich gegen die Vorwürfe zu behaupten, mit denen sie von der andern Hälfte überhäuft wurde, ließ mich verzweifelt nach jemand anders Ausschau halten, dem ich die Schuld in die Schuhe schieben konnte. Ich hatte oft genug in der Zeitung gelesen, daß eine Scheidung manchmal zu Verbrechen führt. Meine Eltern hatten sich scheiden lassen, als ich ungefähr fünf war. Das war ein guter Anhaltspunkt und brachte mich schnell auf noch bessere Gedanken.

Mein Vater lebte nach der Scheidung in Frankreich, und ich bekam ihn zehn Jahre lang nicht zu sehen. Dann bat er Mutter brieflich um eine Zusammenkunft mit mir, und sie bereitete mich darauf vor, indem sie mir erzählte, wie versoffen, grausam und liederlich der Alte sei. Es war Sommer, und wir waren in Nantucket, und ich nahm allein den Dampfer und fuhr mit dem Zug nach New York. Früh am Abend traf ich mich mit meinem Vater im Plaza, aber doch wieder nicht so früh, daß er nicht schon angefangen hätte zu trinken. Mit der empfindlichen Nase des Heranwachsenden roch ich seine Ginfahne, und es entging mir nicht, daß er gegen einen Tisch stieß und mehrmals das gleiche sagte. Es wurde mir erst später klar, daß dies Wiedersehen für einen Mann von sechzig Jahren – denn das war er – aufreibend gewesen sein muß. Wir aßen zu Abend und sahen uns dann die *Rosen der Picardie* an. Sobald das Ensemble zum Vorschein kam, sagte Vater, ich könne jede beliebige von ihnen haben, wenn ich wollte, es sei schon alles arrangiert. Ich könne sogar eine von den Solotänzerinnen haben. Wenn ich nun das Gefühl gehabt hätte, daß er über den Atlantik gekommen sei, um mir diesen guten Dienst zu erweisen, wäre vielleicht alles anders gekommen, aber ich spürte, daß er die Reise nur gemacht hatte, um meiner Mutter einen schlechten Dienst zu erweisen. Ich hatte Angst. Die Vorstellung fand in einem jener altmodischen Theater statt, die so aussehen, als würden sie von Engeln zusammengehalten. Braungoldene Engel stützten die Decke, sie stützten die Logen, sie schienen sogar den Balkon mit über vierhundert Zuschauern zu stützen. Ich verwendete einen großen Teil der Zeit darauf, diese staubigen Goldengel anzustarren. Wenn mir die Decke des Theaters auf den Kopf gefallen wäre, hätte ich erleichtert aufgeatmet. Nach der Vorstellung gingen wir ins Hotel zurück, um uns zu waschen, bevor wir uns mit den Mädchen trafen, und der Alte legte sich für einen Augenblick auf das Bett und fing an zu schnarchen. Ich schnappte mir seine Brieftasche mit fünfzig Dollar, verbrachte die Nacht im Hauptbahnhof und nahm den Frühzug nach Woods Hole. Damit war das Ganze restlos geklärt, die heftige Gemütsbewegung nicht ausgenommen, die mich auf dem Flur im Obergeschoß der Warburtons gepackt hatte. Ich hatte jene Szene im Plaza noch einmal durchlebt. Es war also nicht meine Schuld, daß ich damals gestohlen hatte, und ebensowenig war es meine Schuld, als ich zu den Warburtons ging. Es war die Schuld meines Vaters. Dann fiel mir ein, daß mein Vater vor fünfzehn Jahren in Fontainebleau begraben worden war und jetzt wohl kaum noch etwas anderes als Staub von ihm übrig sein konnte.

Ich ging auf die Herrentoilette, wusch mir Gesicht und Hände und kämmte mir mit einer Masse Wasser die Haare glatt. Es war Zeit, zum Mittagessen zu gehen. Ich dachte nicht ohne Besorgnis an das Mittagessen, das mir bevorstand, und als ich überlegte, warum, wurde mir zu meiner Überraschung klar, daß der freizügige Gebrauch daran schuld war, den Burt Howe von dem Wort «stehlen» gemacht hatte. Ich hoffte, daß er es nicht dauernd im Munde führen würde.

Sobald mir in der Herrentoilette dieser Gedanke durch den Kopf schoß, schien sich mein Augenzukken über die ganze Wange zu verbreiten, es war, als wäre dies Verb wie ein vergifteter Angelhaken in die englische Sprache eingebettet. Ich hatte Ehebruch begangen, und das Wort «Ehebruch» hatte keine Macht über mich; ich war betrunken gewesen, und das Wort «Trunkenheit» sagte mir nicht mehr als sonst. Nur dem Wort «stehlen» und allen verwandten Nomina, Verben und Adverbien war es gegeben, mein Nervensystem zu zerrütten, als hätte ich unbewußt eine Morallehre entwickelt, nach der der Diebstahl über allen andern Sünden des Dekalogs rangierte und ein Zeichen dafür war, daß man moralisch am Ende war.

Der Himmel war dunkel, als ich auf die Straße

hinaustrat. Überall brannte Licht. Ich sah den Leuten, denen ich begegnete, ins Gesicht und suchte nach irgendeinem Zeichen von Ehrlichkeit auf dieser verworfenen Welt, und auf der Third Avenue sah ich einen jungen Mann mit einem Blechgefäß in der Hand, der die Augen geschlossen hielt, um Blindheit vorzutäuschen. Statt der eigentümlichen Unberührtheit der oberen Gesichtshälfte, die sonst das Merkmal der Blindheit ist, hatte er die Stirnfalten und Krähenfüße eines Menschen, der seine Drinks auf der Bar einwandfrei erkennen konnte. In der Einundvierzigsten Straße stand ein anderer blinder Bettler, aber ich untersuchte seine Augenhöhlen nicht näher, da ich einsah, daß ich nicht in der Lage war, jeden Bettler in der Stadt auf seine Echtheit hin zu prüfen.

Cardin's ist ein Herrenrestaurant in den Fourties. Der Tumult und das geschäftige Treiben in der Vorhalle bestärkten mich nur in dem Gefühl, kaltgestellt zu sein, und das Garderobenmädchen, das vermutlich mein Augenzucken bemerkt hatte, warf mir einen sehr matten Blick zu.

Burt war an der Bar, und sobald wir unsere Drinks bestellt hatten, gingen wir zum Geschäftlichen über. «Für ein Geschäft wie dieses müßten wir uns eigentlich in irgendeinem Hinterhof treffen», sagte er, «aber ein Narr und sein Geld *und* so weiter. Es handelt sich um drei dumme Jungen. P. J. Burdette ist einer davon, und sie haben zusammen eine glatte Million zum Wegwerfen. Irgend jemand stiehlt sie ihnen auf jeden Fall, warum solltest du also nicht der Glückliche sein.» Ich legte die Hand über die linke Gesichtshälfte, um meinen Tic zu verbergen. Als ich versuchte, das Glas zum Munde zu führen, schüttete ich mir den Gin über den Anzug. «Alle drei kommen gerade frisch vom College», sagte Burt. «Und sie haben alle drei so viel auf dem Kasten, daß man sie bis aufs Hemd ausziehen könnte, und es würde ihnen noch nicht mal was ausmachen. Na ja, und alles, was du zu tun hast, wenn du dich an diesem Einbruch beteiligen willst, ist...»

Die Toilette war am andern Ende des Restaurants, aber ich kam gerade noch rechtzeitig hin. Dann ließ ich mir ein Becken mit kaltem Wasser vollaufen und steckte Kopf und Gesicht hinein. Burt war mir in den Waschraum gefolgt. Als ich mich mit einem Papierhandtuch abtrocknete, sagte er: «Weißt du, Hakie, ich wollte eigentlich nicht davon reden, aber jetzt, wo dir schlecht geworden ist, kann ich es dir ja ebensogut sagen, daß du entsetzlich aussiehst. Ich meine, ich wußte von dem Moment an, als ich dich zuerst sah, daß irgend etwas nicht stimmte. Ich möchte dir nur sagen, ganz egal, was es ist – Suff, Rauschgift oder häusliche Schwierigkeiten –, daß es dich ganz schön erwischt hat, mehr als du denkst, und vielleicht solltest du doch was dagegen unternehmen, ehe es zu spät ist. Nimm's mir nicht übel.» Ich sagte, mir wäre schlecht, und wartete lange genug in der Toilette, um Burt einen unauffälligen Abgang zu verschaffen. Dann holte ich mir von dem Garderobenmädchen meinen Hut und einen weiteren matten Blick und entnahm der Abendzeitung, die neben der Garderobe auf einem Stuhl lag, daß sich ein paar Bankräuber in Brooklyn mit achtzehntausend Dollar aus dem Staube gemacht hätten.

Ich trieb mich auf der Straße herum und überlegte, was für eine Figur ich wohl als Taschendieb und Handtaschenräuber machen würde, und alle die Spitzbögen und Türmchen von St. Patrick's erinnerten mich nur an Klingelbeutel. Ich nahm den regulären Zug nach Hause und sah durch das Fenster auf eine friedliche Landschaft und einen Frühlingsabend, und es kam mir so vor, als wären Fischer, einsame Schwimmer, Schrankenwärter, Ballspieler auf Sandplätzen, Liebespaare, die sich ohne falsche Scham miteinander amüsierten, Segelbootbesitzer und alte Männer, die zu Hause Pinokel spielten, eigentlich die Menschen, die die großen Löcher wieder flicken, die unsereiner in die Welt hineingerissen hat.

Nun gehört Christina zu den Frauen, denen es vor lauter Nachdenken über die Vielzahl ihrer Tätigkeiten und Interessen schwindelt, wenn sie vom Ehemaligen-Betreuer ihres College gebeten werden, ihren gegenwärtigen Status zu beschreiben. Was hat sie denn eigentlich im Laufe eines Tages alles zu tun, wenn man es mit den einzelnen Punkten nicht so genau nimmt? Mich an den Zug fahren. Die Skier reparieren lassen. Einen Tennisplatz vormerken lassen. Den Wein und die Nahrungsmittel für das monatliche Essen der Société Gastronomique von Westchester-Nord einkaufen. Ein paar Begriffsbestimmungen im Larousse nachschlagen. An einer Sitzung des Wählerinnenvereins über Abwasserkanäle teilnehmen. Anstelle von Bobsie Neils Tante zu einem Galaessen gehen. Im Garten Unkraut jäten. Ein Servierkleid für die Aushilfe bügeln. Zweieinhalb Seiten ihrer Abhandlung über die frühen Romane von Henry James tippen. Die Papierkörbe ausleeren. Tabitha helfen, das Abendessen für die Kinder zu machen. Mit Ronnie Baseball üben. Sich die Haare aufdrehen. Die Köchin abholen. Mich vom Zug abholen. Baden. Sich anziehen. Um halb acht ihre Gäste auf französisch begrüßen. Um elf *bon soir* sagen. Bis zwölf in meinen Armen liegen. Heureka! Man könnte ihr allenfalls Hochmut nachsagen, aber ich finde, sie ist einfach eine Frau, die sich in einem jungen und aufblühenden Land einen schönen Tag macht. Dennoch fiel es mir schwer, dieser Vitalität standzuhalten, als sie mich am Abend vom Zug abholte.

Es war mein Pech, daß ich bei der Frühkommunion am Sonntag die Kollekte einsammeln mußte, obwohl ich nicht in Form war. Ich quittierte die frommen Blicke meiner Freunde mit einem sehr schiefen Lächeln und kniete dann neben einem spitzbogigen Buntglasfenster nieder, das aus lauter Wermut- und Burgunderflaschenböden zu bestehen schien. Ich kniete auf einem Kunstleder-Betpolster, das irgendein Innungsmeister oder sonst ein Wohltäter als Ersatz für die alten gelb-braunen Polster gestiftet hatte, aus deren stellenweise aufgeplatzten Nähten schon die Strohhalme zum Vorschein kamen, so daß das ganze Gebäude wie eine alte Futterkrippe roch. Der Stroh- und Blumenduft, die Kerzen, die bei den Atemzügen des Pfarrers flackerten, und die feuchten Ausdünstungen des schlechtgeheizten Steingebäudes waren mir so vertraut und aus meiner frühen Jugend ebensowenig wegzudenken wie die Geräusche und Gerüche von Küche und Kinderzimmer, und doch lasteten sie an diesem Morgen so schwer auf meinem Gemüt, daß mir schwindelte. Dann hörte ich in der Wandleiste zu meiner Rechten einen Rattenzahn, der sich wie ein Bohrer in das harte Eichenholz hineinarbeitete. «Heilig, heilig, heilig», sagte ich sehr laut, in der Hoffnung, die Ratte zu erschrecken. «Herr der Heerscharen, Himmel und Erde sind VOLL von Deiner Herrlichkeit!» Das Amen-Gemurmel der kleinen Gemeinde klang wie ein Schritt, und die Ratte scharrte weiter an der Täfelung. Vielleicht war ich durch das nagende Geräusch des Rattenzahns abgelenkt worden, oder der feuchte Strohgeruch hatte einschläfernd auf mich gewirkt – jedenfalls sah ich, sobald ich das Gesicht von den Händen erhob, die ich schützend davorgehalten hatte, den Pfarrer aus dem Kelch trinken und merkte, daß ich die Kommunion versäumt hatte.

Zu Hause sah ich die Sonntagszeitung nach weiteren Diebstählen durch, und es gab jede Menge davon. Banken waren geplündert, Juwelen aus Hotelsafes ausgeräumt, Dienstmädchen und Butler an Küchenstühle gefesselt, Pelze und künstliche Diamanten aus Ramschwarenläden entwendet, in Feinkost-, Zigarrenläden und Pfandleihen war eingebrochen worden, und jemand hatte ein Gemälde aus dem Cleveland Institute of Art entwendet. Am Spätnachmittag fing ich an, Blätter zu harken. Läßt sich eine bessere Buße denken, als unter dem blassen, von Wolkenstreifen überzogenen Frühlingshimmel den Rasen von den trostlosen Überresten des Herbstes zu befreien?

Während ich Blätter harkte, kamen meine Söhne vorbei. «Bei den Toblers findet ein Baseballspiel statt», sagte Ronnie. «*Alle* sind da.»

«Warum spielst du nicht mit?» fragte ich.

«Man kann nicht mitspielen, wenn man nicht eingeladen ist», sagte Ronnie schon halb im Gehen über die Schulter weg, und dann waren sie verschwunden. Erst jetzt fiel mir auf, daß ich den Applaus von dem Baseballspiel, zu dem wir nicht eingeladen worden waren, deutlich hören konnte. Die Toblers wohnten ein paar Häuser weiter. Bei Einbruch der Nacht schien das lebhafte Stimmengewirr immer deutlicher zu werden; ich konnte sogar das Klappern der Eisstücke in den Gläsern hören, und die Stimmen der Damen erhoben sich zu schwachen Beifallsrufen.

Ich überlegte, warum ich nicht von den Toblers zum Baseballspielen eingeladen worden war. Warum waren wir von diesem harmlosen Vergnügen, von dieser fröhlichen, unbeschwerten Versammlung ausgeschlossen, deren verklingendes Gelächter, Rufen und Türenschlagen durch die Dunkelheit zu schimmern schienen, um so mehr, als sie außerhalb meines Reiches lagen? Warum war ausgerechnet *ich* von den Toblers nicht zum Baseballspielen eingeladen worden? Warum sollte eine soziale Rangerhöhung – eigentlich sogar ein *Aufstieg* – einen netten Menschen wie mich von einem Baseballspiel ausschließen? Was war das für eine Welt? Warum ließ man mich mit meinen welken Blättern im Zwielicht so allein – denn das war ich, und ich kam mir so einsam, verlassen und verloren vor, daß mich fröstelte.

Wenn ich etwas nicht ausstehen kann, so ist es die geistesschwache Gefühlsduselei jener tristen Gestalten, die aus übertriebenem Mitgefühl für andere allen eigenen Erlebnismöglichkeiten ausweichen und sich ohne eigenes Gesicht wie ein menschlicher Nebel durchs Leben treiben lassen, um alle und jeden zu bemitleiden. Der Bettler ohne Beine auf dem Times Square mit seinem armseligen Sortiment von Bleistiften, die geschminkte alte Dame in der U-Bahn, die mit sich selbst spricht, der Exhibitionist auf der öffentlichen Toilette, der Betrunkene, der auf der U-Bahn-Treppe umgefallen ist, flößen ihnen nicht nur Mitleid ein; sie verwandeln sich sogar beim ersten Blick in diese bedauernswerten Wesen. Die abgewirtschaftete Menschheit trampelt auf ihren unausgegorenen Seelen herum und läßt sie bei Einbruch der Nacht in einem Zustand zurück, der einem Gefängnisaufstand zum Verwechseln ähnlich sieht. Von sich selbst enttäuscht, sind sie immer bereit, für alle andern ebenso enttäuscht zu sein, und errichten ganze Städte, Schöpfungen, Firmamente und Fürstentümer aus tränennasser Enttäuschung. Wenn sie nachts im Bett liegen, denken sie voll Mitleid an den Hauptgewinner, der seinen Wettschein fürs Pferderennen verloren hat, an den großen Romancier, dessen Opus magnum versehentlich als Abfall verbrannt wurde, und an Samuel Tilden, der durch die Machenschaften des Wahlmännerkollegiums um die Präsidentschaft der Vereinigten Staaten gebracht wurde. Wenn ich diese Gesellschaft schon nicht ausstehen konnte, mußte es mir doppelt peinlich sein, mich selbst darin wiederzufinden. Und so dachte ich beim Anblick eines kahlen Hartriegelbaumes im Sternenlicht: Wie maßlos traurig doch alles ist!

Mittwoch war mein Geburtstag. Ich erinnerte mich erst nachmittags im Büro an die Tatsache, und der Gedanke, daß Christina vielleicht eine Überraschungsparty geplant hatte, verschlug mir den Atem und ließ mich innerhalb eines Sekundenbruchteils aus meiner sitzenden Haltung hochschnellen. Dann kam ich zu dem Schluß, daß das nicht anzunehmen war. Aber schon die Vorbereitungen, die die Kinder getroffen haben mußten, stellten ein ernstes Problem dar; ich wußte nicht, wie ich das durchstehen sollte.

Ich verließ das Büro früher als sonst und genehmigte mir noch zwei Drinks, bevor ich nach Hause fuhr. Christina sah rundum zufrieden aus, als sie mich vom Bahnhof abholte, und ich machte gute Miene zum bösen Spiel. Die Kinder hatten saubere Sachen angezogen und gratulierten mir so inbrünstig zum Geburtstag, daß mir ganz elend wurde. Auf dem Tisch lag ein Haufen kleiner Geschenke, größtenteils Selbstgebasteltes von den Kindern – Manschettenknöpfe, ein Notizblock und so weiter. Ich fand, daß ich mich sehr gut aus der Affäre zog, riß an meinem Knallbonbon, setzte meinen Papierhut auf, blies die Kerzen auf dem Kuchen aus und bedankte mich bei allen, aber leider hatte es den Anschein, als ob ein Geschenk – mein *großes* Geschenk – noch ausstünde, und nach dem Essen mußte ich drinbleiben, während Christina und die Kinder hinausgingen, und dann kam Juney herein und führte mich nach draußen und um das Haus herum, wo sie alle versammelt waren. Am Haus lehnte eine Ausziehleiter aus Aluminium, an der eine Karte mit einem Bändchen befestigt war, und ich sagte, wie vom Schlag gerührt: «Was zum *Teufel* soll das bedeuten?»

«Wir dachten, du könntest sie gebrauchen, Daddy», sagte Juney.

«Was in aller Welt soll ich mit einer Leiter anfangen? Was meint ihr, was ich bin, ein Fassadenarbeiter?»

«Sturmfenster», sagte Juney. «Fliegenfenster.»

Ich drehte mich zu Christina um. «Hab ich im Schlaf geredet?»

«Nein», sagte Christina, «du hast nicht im Schlaf geredet.»

Juney fing an zu weinen.

«Du könntest damit die Blätter aus der Dachrinne holen», sagte Ronnie. Beide Jungen sahen mich mit langen Gesichtern an.

«Schön, aber du mußt doch zugeben, daß es ein sehr ungewöhnliches Geschenk ist», sagte ich zu Christina.

«Gott!» sagte Christina. «Kommt, Kinder.

Kommt mit.» Sie schob sie durch die Terrassentür ins Haus.

Ich trieb mich bis nach Einbruch der Dunkelheit im Garten herum. Oben ging das Licht aus. Juney weinte immer noch, und Christina sang ihr etwas vor. Dann war sie still. Ich wartete, bis das Licht im Schlafzimmer ausgegangen war, und kurz darauf stieg ich die Treppe hinauf. Christina saß im Nachthemd an ihrem Frisiertisch, und in ihren Augen standen dicke Tränen.

«Du mußt versuchen, es zu verstehen», sagte ich.

«Das kann ich beim besten Willen nicht. Die Kinder haben seit Monaten gespart, um dir das gottverdammte Gerät zu kaufen.»

«Du weißt nicht, was ich durchgemacht habe», sagte ich.

«Ganz gleich, was du durchgemacht hast, und wenn es die Hölle wäre, ich könnte es dir doch nicht verzeihen», sagte sie. «Du hast nichts durchgemacht, was dein Benehmen rechtfertigen könnte. Sie haben sie eine Woche lang in der Garage versteckt. Sie sind so *süß*.»

«Ich bin nicht mehr ich selbst», sagte ich.

«Das brauchst du *mir* nicht zu erzählen, daß du nicht du selbst bist», sagte sie. «Ich war froh, wenn du morgens weggingst, und hatte Angst vor dem Augenblick, wo du abends nach Hause kamst.»

«So schlimm kann es doch nicht gewesen sein», sagte ich.

«Es war die reinste Hölle», sagte sie. «Du warst ausfallend gegen die Kinder, eklig gegen mich, grob gegen deine Freunde und boshaft, sobald sie den Rücken gekehrt hatten. Es war einfach gräßlich.»

«Möchtest du, daß ich gehe?»

«O mein Gott, und ob ich möchte, daß du gehst! Dann könnte ich aufatmen.»

«Was wird mit den Kindern?»

«Frag meinen Anwalt.»

«Also, dann geh ich.»

Ich ging über den Flur zu dem Abstellraum, in dem wir unsere Reisetaschen aufbewahren. Als ich meinen Koffer herausholte, merkte ich, daß der junge Hund, der den Kindern gehört, auf der einen Seite die ganze Ledereinfassung losgeknabbert hatte. Ich versuchte, einen andern Koffer zu finden, aber da brach der ganze Haufen zusammen und schlug mir um die Ohren. Ich schleppte meinen Koffer ins Schlafzimmer und ließ die lange Lederstrippe hinter mir herschleifen. «Sieh dir *das* an», sagte ich. «Sieh dir das an, Christina. Der Hund hat die Einfassung von meinem Koffer losgeknabbert.» Sie hob noch nicht mal den Kopf. «Ich hab seit zehn Jahren zwanzigtausend Dollar pro Jahr in diesen Haushalt gepumpt», schrie ich, «und wenn die Zeit kommt, wo ich meiner Wege gehen will, hab ich noch nicht mal einen anständigen Koffer.

Alle andern haben einen Koffer. Sogar die Katze hat eine hübsche Reisetasche.» Ich riß meine Hemdenschublade auf, aber es lagen nur vier saubere Hemden darin. «Ich hab noch nicht mal genug saubere Hemden für eine Woche!» schrie ich. Dann raffte ich ein paar Sachen zusammen, stülpte mir den Hut auf den Kopf und ging aus dem Haus. Einen Augenblick hatte ich sogar vor, den Wagen zu nehmen, ging in die Garage und sah mich um. Dabei entdeckte ich das Schild mit der Aufschrift ZU VERKAUFEN, das vor langer, langer Zeit am Haus gehangen hatte, als wir es kauften. Ich wischte den Schmutz ab, holte einen Nagel und einen Stein, ging ums Haus herum an die Frontseite und nagelte das Schild an einen Ahornbaum. Dann ging ich zu Fuß zum Bahnhof. Es ist ungefähr eine Meile weit zu laufen. Die lange Lederstrippe schleifte hinter mir her, und ich blieb stehen und versuchte, sie abzureißen, aber es ging nicht. Als ich am Bahnhof angelangt war, mußte ich feststellen, daß der nächste Zug erst um vier Uhr morgens ging. Ich entschloß mich zu warten. Ich setzte mich auf meinen Koffer und wartete fünf Minuten. Dann marschierte ich wieder nach Hause. Auf halbem Wege sah ich Christina die Straße herunterkommen, in einem dicken Sweater, Rock und Segeltuchschuhen – den Sommersachen, die man am schnellsten überziehen kann –, und wir gingen zusammen nach Hause und legten uns zu Bett.

Am Samstag spielte ich Golf, und obwohl das Spiel spät zu Ende war, wollte ich doch noch einmal kurz durch das Klubschwimmbecken schwimmen, bevor ich nach Hause ging. Am Becken war niemand außer Tom Maitland. Er ist ein dunkelhäutiger, nett aussehender Mann, sehr reich, aber schweigsam. Er wirkt in sich gekehrt. Seine Frau ist die dickste Frau in Shady Hill, seine Kinder hat niemand besonders gern, und ich glaube, er gehört zu der Sorte Menschen, deren Partys, Freundschaften, Liebes- und Geschäftsbeziehungen wie ein komplizierter Überbau – ein Turm aus Streichhölzern – auf der Freudlosigkeit seiner frühen Jugend errichtet sind. Ein Windhauch könnte das ganze Gebäude zum Einsturz bringen. Es war beinahe dunkel, als ich aus dem Wasser kam, das Klubhaus war erleuchtet, und man hörte die Geräusche vom Abendessen auf der Veranda. Maitland saß am Beckenrand und planschte mit den Füßen in dem hellblauen Wasser herum, dessen Chlorgeruch an das Tote Meer erinnerte. Ich trocknete mich ab, und als ich an ihm vorbeikam, fragte ich, ob er nicht hineinginge. «Ich kann nicht schwimmen», sagte er. Er lächelte und sah an mir vorbei in das glattpolierte Wasser und in die dunkle Landschaft dahinter. «Wir hatten einen Swimmingpool zu Hause», sagte er, «aber ich bin nie zum Schwimmen gekommen. Ich mußte immer Geige üben.» Da saß er nun, fünfundvierzig Jahre alt und mindestens Millionär, und konnte sich noch nicht mal über Wasser halten, und ich glaube nicht, daß er oft Gelegenheit hatte, so offen mit jemandem zu sprechen wie eben. Während ich mich anzog, setzte sich – ohne mein Zutun – der Gedanke in mir fest, daß die Maitlands meine nächsten Opfer sein sollten.

Ein paar Nächte später wachte ich um drei Uhr auf. Ich dachte über die ungelösten Probleme meines Lebens nach – Mutter in Cleveland und Parablendeum – und ging dann ins Badezimmer, um mir eine Zigarette anzustecken, worauf mir bald einfiel, daß ich demnächst an Lungenkrebs sterben und meine Witwe und Waisen ohne einen roten Heller zurücklassen würde. Ich zog meine blauen Segeltuchschuhe und die übrige Ausrüstung an, warf einen Blick durch die offenen Kinderzimmertüren und ging dann nach draußen. Der Himmel war bewölkt. Ich ging durch die Gärten zur Ecke hinüber. Dann überquerte ich die Straße, bog in die Einfahrt der Maitlands ein und ging auf dem Grasstreifen neben dem Kies entlang. Die Tür stand offen, ich ging hinein, ebenso aufgeregt und verstört wie bei den Warburtons, und kam mir dabei im Zwielicht irgendwie unwirklich vor – wie ein Gespenst. Ich ging immer der Nase nach die Treppe hinauf, wo, wie ich wußte, das Schlafzimmer war, und als ich schweres Atmen hörte und ein Jackett und eine Hose auf einem Stuhl liegen sah, griff ich nach der Jackentasche, aber es war keine da. Es war überhaupt kein Anzug, sondern eine von den bunten Satinjacken, wie junge Männer sie tragen. Es hatte keinen Zweck, in *seiner* Hose nach einer Brieftasche zu suchen. Soviel konnte ihm das Mähen des Maitlandschen Rasens gar nicht einbringen. Ich machte, daß ich wegkam.

In dieser Nacht schlief ich nicht mehr, sondern saß im Dunkeln und dachte über Tom Maitland und Gracie Maitland, die Warburtons, Christina und mein eigenes trübes Schicksal nach und darüber, wie Shady Hill doch nachts ganz anders aussah als bei Tageslicht.

In der nächsten Nacht ging ich aber wieder aus dem Haus – diesmal zu den Pewters, die nicht nur steinreich, sondern außerdem notorische Säufer waren und so viel tranken, daß sie sicher keinen Donnerschlag mehr hören konnten, wenn sie das Licht ausgedreht hatten. Ich machte mich wie üblich kurz nach drei auf den Weg.

Ich dachte eben beklommen an meine Anfänge zurück – wie ich von einem ausgelassenen Ehepaar nach einem Essen mit sechs Gängen und verschiedenen Weinen in einem Stadthotel gezeugt wurde und, wenn ich den Versicherungen meiner Mutter Glauben schenken darf, immer noch ungeboren auf einem Stern sitzen würde, wenn sie vor diesem vielgepriesenen Essen nicht so viele Old-Fashioneds getrunken hätte. Und ich dachte an meinen alten Herrn, an den Abend im Plaza, an die Quetschungen an den Schenkeln der Bauernmädchen aus der Picardie, an all die braungoldenen Engel, die das Theater zusammenhielten, und an mein schreckliches Schicksal. Während ich noch auf das Haus der Pewters zuging, lief auf einmal ein Rascheln durch alle Bäume und Gärten, wie Zugluft über einer Feuerstelle, und ich überlegte, was es wohl sein könnte, bis ich den Regen auf Gesicht und Händen spürte, und dann fing ich an zu lachen.

Ich wünschte, ich könnte sagen, ein wohlwollender Löwe habe mich auf den rechten Weg zurückgeführt oder ein unschuldiges Kind oder ferne Orgelklänge aus einer Kirche, aber es war wirklich nur der Regen auf meinem Kopf – der Geruch nach Regen, der mir in die Nase stieg und mir auf einmal klarmachte, wie frei ich mich noch immer von den Gebeinen in Fontainebleau und den Taten eines Diebes fühlen durfte. Es gab Auswege aus meiner mißlichen Lage, ich brauchte sie nur zu benützen. Ich saß nicht in der Falle. Ich war hier auf der Welt, weil es mir so gefiel. Und es war nicht meine Sorge, wie ich zu den Geschenken des Lebens gekommen war, solange ich sie noch besaß, und ich besaß sie ja noch – das Band zwischen den nassen Graswurzeln und den Haaren, die aus meinem Körper wuchsen, und das aufwühlende Gefühl der Vergänglichkeit, das mich an Sommerabenden plötzlich ergriffen hatte, wenn ich merkte, wie lieb ich die Kinder hatte, und in Christinas Ausschnitt hineinsah. Inzwischen stand ich vor dem Haus der Pewters, sah an der dunklen Fassade hinauf, drehte mich dann um und ging. Ich ging wieder ins Bett und hatte angenehme Träume. Ich träumte, ich segelte in einem Boot auf dem Mittelmeer. Ich sah ein paar abgetretene Marmorstufen, die ins Wasser zurückführten, und das Wasser selbst – blau, salzhaltig und schmutzig. Ich spurte den Mast ein, hißte das Segel und legte die Hand auf die Ruderpinne. Im Wegsegeln überlegte ich noch, warum es mir wohl so vorkam, als ob ich erst siebzehn Jahre alt wäre? Aber man kann ja schließlich nicht alles haben.

Es ist nicht der Geruch nach Maisbrot, der uns ins Leben zurückruft, wie einmal jemand geschrieben hat, sondern es sind die Lichter und Zeichen der Liebe und Freundschaft. Am nächsten Tag rief mich Gil Bucknam an und sagte, der Alte liege im Sterben und ob ich nicht wieder zurückkommen wolle. Ich suchte ihn auf, und er setzte mir auseinander, niemand anders als der Alte hätte es damals auf meinen Skalp abgesehen, und ich war natürlich heilfroh, wieder bei Parablendeum unterzukommen.

Als ich an diesem Nachmittag die Fifth Avenue hinunterging, konnte ich nicht begreifen, wieso eine Welt, die mir vorher so dunkel vorgekommen war, auf einmal, innerhalb von wenigen Minuten, so lieblich geworden sein sollte. Die Gehsteige schienen zu leuchten, und als ich mit dem Zug nach Hause fuhr, strahlte ich die albernen Mädchen an, die an den Plakatwänden der Bronx für Hüfthalter Reklame machen. Am nächsten Morgen bekam ich einen Vorschuß auf mein Gehalt, steckte, nicht ohne einige Vorsichtsmaßnahmen zur Vermeidung von Fingerabdrücken, neunhundert Dollar in einen Briefumschlag und ging damit zu den Warburtons hinüber, sobald die letzten Lichter in der Nachbarschaft ausgegangen waren. Es hatte geregnet, aber der Regen hatte nachgelassen. Nach und nach kamen die Sterne zum Vorschein. Es hatte keinen Sinn, übertriebene Vorsicht walten zu lassen, und ich ging um das Haus herum nach hinten, fand die Küchentür unverschlossen und legte den Umschlag irgendwo im Dunkeln auf einen Tisch. Als ich wieder draußen war und mich entfernte, hielt ein Streifenwagen neben mir, und ein Polizist, den ich kannte, kurbelte die Scheibe herunter und fragte: «Was haben Sie um diese Nachtzeit hier draußen zu suchen, Mr. Hake?»

«Ich führe den Hund aus», sagte ich vergnügt. Es war kein Hund in Sicht, aber das merkte niemand. «Hierher, Toby! Hierher, Toby! Hierher, Toby! *Guter* Hund!» rief ich, machte, daß ich weiterkam, und pfiff im Dunkeln fröhlich vor mich hin.

Im Schatten der Ginflasche

Es war Sonntag nachmittag, und Amy konnte von ihrem Schlafzimmer aus hören, wie die Beardens eintrafen, kurz darauf gefolgt von den Farquarsons und den Parminters. Sie las weiter «Black Beauty», bis sie das Gefühl hatte, etwas essen zu müssen. Sie klappte das Buch zu und ging nach unten. Die Wohnzimmertür war geschlossen, aber laute Stimmen und Gelächter drangen nach draußen. Sie mußten gerade über jemanden geklatscht haben, denn alle verstummten, als sie das Zimmer betrat.

«Tag, Amy», sagte Mr. Farquarson.

«Mr. Farquarson hat etwas zu dir gesagt, Amy», mahnte ihr Vater.

«Guten Tag, Mr. Farquarson», sagte sie. Indem sie außerhalb der Gruppe etwas herumstand, bis diese ihr Gespräch wieder aufgenommen hatte, und dann an Mrs. Farquarson vorbeischlich, konnte sie plötzlich auf die Schale mit den Nüssen losstürzen und sich eine Handvoll nehmen.

«Amy!» rief Mr. Lawton.

«Tut mir leid, Daddy», sagte sie und zog sich aus dem Kreis bis zum Klavier zurück.

«Leg die Nüsse wieder hin», befahl er.

«Ich hab sie doch schon angefaßt», wandte sie ein.

«Komm, gib die Nüsse her, mein Kind», sagte ihre Mutter sanft.

«Vielleicht möchte noch jemand Nüsse.»

Amy stopfte die Nüsse, die sie genommen hatte, in den Mund, kam an den Kaffeetisch zurück und reichte die Nußschale herum.

«Danke schön, Amy», sagten sie und nahmen ein oder zwei Erdnüsse.

«Wie gefällt es dir in der neuen Schule, Amy?» fragte Mrs. Bearden.

«Gut», erwiderte Amy. «Privatschulen gefallen mir besser als staatliche. Es ist nicht so wie in einer Fabrik.»

«In welcher Klasse bist du denn?» wollte Mr. Bearden wissen.

«In der vierten», sagte sie.

Ihr Vater nahm Mr. Parminters Glas und sein eigenes und ging ins Speisezimmer, um nachzuschenken. Sie ließ sich in den Stuhl fallen, den er frei gemacht hatte.

«Steh von Vaters Stuhl auf, Amy», sagte ihre Mutter, ohne sich zu vergegenwärtigen, daß Amys Beine vom Radfahren müde waren, während ihr Vater den ganzen Tag nur gesessen hatte. Als sie auf die Glastür zuging, hörte sie, wie ihre Mutter anfing, über die neue Köchin zu reden. Das war eins von den Themen, die sie als Gesprächsstoff interessant fanden.

«Du solltest dein Fahrrad lieber in die Garage stellen», sagte ihr Vater, als er mit den gefüllten Gläsern zurückkam. «Es sieht nach Regen aus.»

Amy trat hinaus auf die Terrasse und blickte zum Himmel hinauf, aber es waren kaum Wolken zu sehen, es würde bestimmt nicht regnen, und sein Rat, wie alle Ratschläge, die er ihr gab, war überflüssig. Sie ließen sie nicht in Ruhe. «Stell dein Fahrrad weg.» «Mach Großmutter die Tür auf, Amy.» «Gib der Katze etwas zu fressen.» «Mach deine Schularbeiten.» «Reich die Nüsse herum.» «Hilf Mrs. Bearden die Pakete tragen.» «Amy, bitte, gib dir mehr Mühe, dich geradezuhalten.»

Sie waren alle aufgestanden, und ihr Vater kam an die Tür und rief nach ihr. «Wir gehen rüber zu Parminters und essen da zu Abend», sagte er. «Die Köchin ist hier, und so bist du nicht allein. Sei artig, und geh um acht ins Bett. Und nun komm, gib mir einen Gutenachtkuß.»

Nachdem sie in ihren Wagen abgefahren waren, ging Amy langsam durch die Küche zum Schlafzimmer der Köchin, das neben der Küche lag, und klopfte an. «Herein», sagte eine Stimme, und als Amy eintrat, fand sie die Köchin, die Rosemary hieß, im Bademantel, wie sie in der Bibel las. Rosemary lächelte Amy entgegen. Ihr Lächeln war sanft, und ihre alten Augen waren blau. «Deine Eltern sind schon wieder ausgegangen?» fragte sie. Amy nickte und die alte Frau lud sie ein, sich zu setzen. «Ihnen scheint das ja Spaß zu machen, was? In den vier Tagen, die ich hier bin, sind sie jeden Abend ausgegangen oder hatten Gäste.» Sie legte die Bibel mit den Seiten nach unten auf ihren Schoß und lächelte, aber diesmal galt das Lächeln nicht Amy. «Natürlich wird hier nur in Gesellschaft getrunken, und was deine Eltern machen, geht mich auch nichts an, nicht wahr? Ich mache mir nur mehr Gedanken über das Trinken als andere Leute, wegen meiner armen Schwester. Sie trank zuviel. Zehn Jahre lang habe ich sie jeden Sonntag nachmittag besucht, und fast immer war sie *non compos mentis*. Manchmal fand ich sie zusammengekrümmt auf dem Fußboden mit einer oder zwei leeren Sherryflaschen neben sich. Ein andermal mochte sie einem Fremden noch nüchtern vorkommen, aber an der Art, wie sie sprach, wußte ich sofort, daß sie wieder einmal zuviel getrunken hatte. Jetzt ist meine arme Schwester nicht mehr, jetzt habe ich niemand mehr, den ich besuchen könnte.»

«Was ist aus Ihrer Schwester geworden?» fragte Amy.

«Sie war ein wunderbarer Mensch, mit richtiger Pfirsichhaut und blondem Haar», erwiderte Rosemary. «Gin macht manche Menschen ganz fröhlich – sie lachen und weinen –, aber meine arme Schwester wurde nur trübsinnig und verschlossen.

Sobald sie etwas trank, zog sie sich in sich selbst zurück. Der Alkohol machte sie widerspenstig. Wenn ich sagte, das Wetter ist schön, behauptete sie, daß ich falschlag. Wenn ich sagte, es regnet, sagte sie, es klärt sich auf. Sie verbesserte mich in allem, was ich sagte, so geringfügig es auch war. Sie starb im Bellevue-Krankenhaus, und zwar in einem Sommer, in dem ich in Maine arbeitete. Sie war die einzige Verwandte, die ich hatte.»

Die Unumwundenheit, mit der Rosemary sprach, bewirkte, daß Amy sich erwachsen vorkam, und ein paar höfliche Worte stellten sich wie von selbst ein. «Ihre Schwester muß Ihnen sehr fehlen», sagte sie.

«Ich saß gerade da und dachte über sie nach. Sie war im Haushalt wie ich, und das ist eine einsame Arbeit. Immer ist eine Familie um dich herum, und doch gehörst du nicht dazu. Oft wirst du gekränkt. Die gnädige Frau ist meist ziemlich herablassend und taktlos. Ich mache den Damen, für die ich gearbeitet habe, keinen Vorwurf. Es liegt einfach in der Natur der Sache. Sie wollen Geflügelsalat, und du stehst noch vor dem Aufstehen auf, um damit klarzukommen, und kaum hast du den Geflügelsalat fertig, überlegen sie es sich anders und wollen Krebssuppe.»

«Meine Mutter will dauernd etwas anderes», sagte Amy.

«Manchmal bist du auf dem Lande beschäftigt,

ohne eine Hilfe in der Küche zu haben. Du bist müde, aber nicht zu müde, um dich nicht einsam zu fühlen. Du trittst, sobald Teller und Tassen wieder im Schrank stehen, vor den Hinterausgang, in der Absicht, dich an Gottes Schöpfung zu freuen, und obgleich man von vorn vielleicht die herrliche Aussicht auf einen See oder auf die Berge hat, ist es mit der Aussicht hinten nicht weit her. Aber es gibt immer noch den Himmel, die Bäume, die Sterne, die Vögel und das schöne Gefühl, daß deine Beine jetzt endlich einmal zur Ruhe kommen. Doch da hörst du, wie sie vorn mit ihren Gästen, Töchtern und Söhnen sprechen und lachen. Wenn du noch neu bist und sie bloß flüstern, dann kannst du sicher sein, daß sie über dich reden. Das verdirbt dir alle Freude an dem Abend.»

«Oh», sagte Amy.

«Ich habe in allen möglichen Häusern gearbeitet – Häuser, in denen acht oder neun Leute zum Personal gehörten, und Häuser, wo man von mir erwartete, daß ich die Abfälle selbst verbrannte, an Winterabenden, und daß ich Schnee schippte. In Häusern, in denen viele Hausangestellte sind, ist gewöhnlich auch immer irgendein Teufel darunter – irgendein alter Butler oder ein Zimmermädchen –, der dir von Anfang an das Leben schwermacht. ‹Die gnädige Frau mag dies nicht› und ‹die gnädige Frau mag das nicht› und ‹ich bin schon zwanzig Jahre hier im Haus›, heißt es dann.

Man muß schon ein Diplomat sein, um mit ihnen auszukommen. Und dann die Zimmer, die sie dir geben, ich habe keins gesehen, das nicht trostlos gewesen wäre. Wenn du eine Flasche im Koffer hast, ist es zunächst schon eine ganz schöne Versuchung, keinen Schluck zu nehmen, um dich aufzuheitern. Ich habe jedoch einen starken Charakter. Anders meine arme Schwester. Sie klagte immer über Nervosität, aber wenn ich heute abend hier so sitze und über sie nachdenke, weiß ich nicht, ob sie wirklich unter Nervosität litt. Ich weiß nicht, ob sie das alles nicht nur erfunden hat. Ich weiß nicht, vielleicht war sie einfach nur nicht für den Haushalt gemacht. Zum Schluß bekam sie nirgends mehr Arbeit, nur noch auf dem Lande, wo niemand mehr hinmochte, und sie blieb nie länger als eine oder zwei Wochen. Sie trank einen Schluck Gin gegen ihre Nervosität, dann einen Schluck gegen ihre Müdigkeit, und wenn sie ihre eigene Flasche und dazu noch alles, was sie so erwischen konnte, getrunken hatte, hörten sie es bestimmt vorn. Dann gab es gewöhnlich eine Szene, und meine arme Schwester hatte nun einmal gern das letzte Wort. Oh, wenn es nach mir ginge, wäre es verboten. Es ist nicht meine Sache, dir zu raten, daß du deinem Vater etwas wegnehmen sollst, aber ich wäre sehr stolz auf dich, wenn du jetzt sofort seine Ginflasche in den Ausguß ausleeren würdest und dann – das abscheuliche Zeug! Aber es tut mir gut, mit dir zu sprechen, Liebling. Ich vermisse dann meine arme Schwester nicht so sehr. Und jetzt will ich noch ein bißchen in der Bibel lesen, danach mache ich dir dein Abendessen.»

Die Lawtons hatten in diesem Jahr viel Pech mit ihren Köchinnen gehabt – fünf waren es gewesen. Die Ankunft Rosemarys rief Marcia Lawton eine vage Theorie von ausgleichender Gerechtigkeit in Erinnerung; sie hatte zu leiden gehabt, und jetzt wurde sie belohnt. Rosemary war sauber, fleißig und guter Dinge, und ihre Tafel war – so drückten die Lawtons es aus – wie die eines Bourbonen. Jeden Mittwoch fuhr sie nach dem Dinner mit dem Zug und mit dem Versprechen, den Abendzug am Donnerstag zurück zu nehmen, nach New York. Donnerstag früh ging Marcia in das Zimmer der Köchin. Das war eine lästige, aber schon eine routinemäßige Vorsichtsmaßnahme. Im Zimmer war nichts an persönlichen Gegenständen zurückgeblieben – keine Zigarettenschachtel, kein Füllfederhalter, kein Wecker, kein Radio, nichts, was die alte Frau an das Haus hätte binden können –, wodurch sie das ungute Gefühl bekam, betrogen worden zu sein, wie sie so oft in der Vergangenheit von ihren Köchinnen betrogen worden war. Sie öffnete die Schranktür und sah ein einziges Arbeitskleid dahängen und, auf dem Boden des Schranks, Rosemarys alten Koffer und die weißen Schuhe, die sie in der Küche trug. Der Koffer war abgeschlossen, aber als Marcia ihn anhob, schien er so gut wie leer zu sein.

Donnerstag fuhr Mr. Lawton mit Amy nach dem Abendessen zum Zug, der um 20 Uhr 16 eintreffen sollte. Das Verdeck war herunter, und in der frischen Luft, im Sternenlicht und in der Gesellschaft ihres Vaters fühlte sich das kleine Mädchen sehr wohl auf dieser Welt. Der Bahnhof von Shady Hill ähnelte den Bahnhöfen in den alten Filmen, die sie im Fernsehen gesehen hatte, wo Detektive und Spione, Blaubärte und ihre gutgläubigen Opfer abgeholt wurden, um auf irgendeinen entlegenen Landsitz gebracht zu werden. Amy liebte den Bahnhof, besonders wenn es anfing, dunkel zu werden. Sie stellte sich vor, daß die Leute, die mit der Vorortbahn fuhren, in weit wichtigeren und abgründigeren Dingen unterwegs waren als im täglichen Hin und Her von und zur Arbeit. Außer bei dichtem Nebel und bei Schneesturm schien der Salonwagen, den ihr Vater benutzte, die Farbe und die Trübseligkeit seines übrigen Lebens zu haben. Die Vorortbahnen, die zu allen möglichen und unmöglichen Zeiten verkehrten, gehörten einer Welt mit tieferen Gegensätzen an, in der sie gern gelebt hätte.

Sie kamen ein paar Minuten zu früh, und Amy stieg aus, um auf den Bahnsteig zu gehen. Sie hätte gern gewußt, wozu das Gewirr von Schnüren über den Gleisen an jedem Ende des Bahnhofs da war, aber soviel wußte sie, daß es keinen Zweck hatte, ihren Vater zu fragen, denn der würde es ihr doch nicht sagen können. Sie konnte den Zug schon hören, bevor er zu sehen war, und das Geräusch erregte sie und machte sie glücklich. Als der Zug einfuhr und hielt, suchte sie die erleuchteten Fenster nach Rosemary ab, fand sie aber nicht. Mr. Lawton stieg aus und kam zu Amy auf den Bahnsteig. Sie sahen, wie sich der Schaffner über jemanden beugte, der sitzen geblieben war, und schließlich erhob sich die Köchin. Sie klammerte sich an den Schaffner, der sie auf den Gang hinausbegleitete. Sie weinte.

«Eine Pfirsichhaut», hörte Amy sie schluchzen. «Ein wunderbarer, wunderbarer Mensch.» Der Schaffner sprach freundlich auf sie ein, legte seinen Arm um ihre Schultern und half ihr die Stufen hinab. Dann fuhr der Zug ab, und sie stand da und trocknete sich die Tränen.

«Sagen Sie nichts, Mr. Lawton», verlangte sie, «und ich werde auch nichts sagen.» Sie hob eine kleine Papiertüte hoch.

«Hier ist ein Geschenk für dich, mein Kind.»

«Danke schön, Rosemary», sagte Amy. Sie sah in die Tüte und stellte fest, daß sie mehrere Packungen mit japanischen Wasserblumen enthielt.

Rosemary ging unsicher wie jemand, der den Weg im Halbdunkeln nur schwer findet, auf das

Auto zu. Ein starker Geruch ging von ihr aus. Ihr guter Mantel war voller Flecken und hinten aufgeplatzt. Mr. Lawton befahl Amy, sich nach hinten zu setzen. Die Köchin bat er nach vorn, auf den Sitz neben sich. Er schlug ihre Tür ärgerlich zu, ging um den Wagen zu seinem Sitz und fuhr nach Hause. Rosemary langte in ihre Handtasche, holte eine Coca-Cola-Flasche, die mit einem Korkstöpsel verschlossen war, heraus und nahm einen Schluck. Am Geruch merkte Amy, daß in der Coca-Cola-Flasche Gin war.

«Rosemary!» rief Mr. Lawton.

«Ich bin so allein», jammerte die Köchin. «Ich bin so allein, und ich habe Angst, das ist alles.»

Er sagte nichts mehr, bis sie zu ihrem Haus abbogen und er den Wagen vor den Hintereingang gebracht hatte. «Gehen Sie und holen Sie Ihren Koffer, Rosemary», sagte er. «Ich warte hier im Auto.»

Sobald die Köchin davongestolpert war, schickte er Amy durch den Vordereingang ins Haus. «Geh rauf in dein Zimmer, und zieh dich schon aus.»

Als Amy ins Haus kam, rief ihre Mutter von oben, ob Rosemary mitgekommen sei. Amy gab keine Antwort. Sie ging zur Bar, nahm eine angebrochene Flasche Gin und leerte sie in den Ausguß der Küche. Sie weinte fast, als sie im Wohnzimmer auf ihre Mutter stieß und ihr sagte, daß ihr Vater die Köchin zurück zur Bahn brachte. Als Amy am nächsten Tag aus der Schule nach Hause kam, fand sie eine grobe, schwarzhaarige Frau vor, die im Wohnzimmer saubermachte. Der Wagen, mit dem Mr. Lawton normalerweise zum Bahnhof fuhr, war zur Inspektion, und Amy fuhr mit ihrer Mutter zur Bahn, um ihren Vater abzuholen. Wie er so über den Bahnsteig kam, sah sie an seinem bleichen Gesicht, daß er einen harten Tag hinter sich hatte. Er küßte ihre Mutter, legte Amy kurz die Hand auf den Kopf und setzte sich hinters Steuerrad.

«Weißt du», sagte ihre Mutter, «mit der Dusche im Gästezimmer ist irgend etwas nicht in Ordnung.»

«Verdammt noch mal, Marcia», fuhr er sie an, «ich wünschte, du würdest mich nicht jedesmal mit einer Hiobsbotschaft empfangen.» Seine barsche Stimme bedrückte Amy, und sie begann mit der Fensterkurbel zu spielen.

«Laß das, Amy!» rief er.

«Na ja, gut, das mit der Dusche ist nicht so wichtig», lenkte ihre Mutter ein. Sie lächelte zaghaft.

«Als ich letzte Woche aus San Francisco zurückkam», sagte er, «konntest du es kaum abwarten, mir zu erzählen, daß wir einen neuen Ölbrenner brauchen.»

«Aber dafür habe ich eine Aushilfsköchin. Das ist immerhin eine erfreuliche Nachricht.»

«Etwa wieder eine Trinkerin?» fragte ihr Vater.

«Sei nicht so giftig, Liebling. Sie macht uns etwas zu essen, wäscht noch ab und fährt dann mit dem Bus nach Hause. Wir gehen heute zu Farquarsons.»

«Ich bin wirklich zu müde, um irgendwohin zu gehen», erwiderte er.

«Und wer kümmert sich um mich?» fragte Amy.

«Du hast dich bei den Farquarsons doch immer ganz wohl gefühlt», sagte ihre Mutter.

«Na gut, aber laß uns nicht so lange bleiben», sagte er.

«Und wer kümmert sich um mich?» fragte Amy.

«Mrs. Henlein», sagte ihre Mutter.

Als sie nach Hause kamen, ging Amy zum Klavier.

Der Vater wusch sich im unteren Badezimmer die Hände und ging dann zur Bar. Er kam in das Wohnzimmer und hielt die leere Ginflasche hoch. «Wie heißt sie?» fragte er.

«Ruby», sagte ihre Mutter.

«Sie ist nicht schlecht. Eine Flasche Gin hat sie gleich am ersten Tag geleert.»

«O weh!» rief ihre Mutter. «Aber mach jetzt bloß keine Szene.»

«Alle trinken meinen Schnaps», brüllte ihr Vater, «und ich habe es jetzt, verdammt noch mal, endgültig satt.»

«Im Schrank ist noch eine Menge Gin», sagte ihre Mutter. «Mach eine neue Flasche auf.»

«Wir haben unserem Gärtner drei Dollar die Stunde bezahlt, und was hat er getan? Er ist hier reingeschlichen und hat meinen Scotch ausgetrunken. Das Kindermädchen, das wir vor Mrs. Henlein hatten, hat meinen Bourbon mit Wasser verdünnt, und an Rosemary brauche ich dich wohl nicht erst zu erinnern. Die Köchin, die vor Rosemary da war, hat nicht nur meine ganze Hausbar leer getrunken, sie hat auch den ganzen Rum, den Kirschlikör, den Sherry und den Wein, der im Küchenschrank stand, ausgetrunken. Und dann diese Polin, die wir im letzten Sommer hatten. Ja, sogar die alte Waschfrau. *Und* die Maler. Ich glaube, sie haben irgendein Zeichen über meiner Tür angebracht. Bei der Arbeitsvermittlung gelte ich sicherlich als leichte Beute.»

«Nach dem Essen kannst du ja mit ihr sprechen.»

«Ich denke nicht daran!» rief er. «Ich ermutige die Leute doch nicht, mich zu bestehlen. *Ruby!*» Er rief ihren Namen mehrmals laut, sie gab jedoch keine Antwort. Kurz darauf erschien sie in Hut und Mantel in der Wohnzimmertür.

«Mir ist übel», sagte sie. Amy sah, daß sie Angst hatte.

«Das kann ich mir denken», sagte ihr Vater.

«Mir ist übel», murmelte die Köchin, «und ich finde hier keine Tabletten, ich gehe nach Hause.»

«Gut so», sagte er. «Gut so! Ich bin es leid, die

Leute dafür zu bezahlen, daß sie herkommen und meinen Schnaps austrinken.»

Die Köchin lief auf den Vorderausgang zu, und Marcia Lawton folgte ihr in den Hausflur, um sie zu bezahlen. Amy hatte die Szene vom Klavierhokker aus beobachtet, ein versteckter Platz, der ihr dennoch eine gute Aussicht bot. Sie sah, wie ihr Vater sich eine neue Flasche Gin holte und Martinis mixte. Er sah ziemlich unglücklich aus.

«Weißt du», sagte ihre Mutter, als sie wieder ins Zimmer kam, «sehr betrunken wirkte sie nicht.»

«Hör auf, mit mir zu streiten, Marcia», sagte ihr Vater. Er goß zwei Gläser voll, sagte «Prost» und trank einen Schluck. «Wir können auch ins Orpheo's essen gehen.»

«Ja, das denke ich auch», sagte ihre Mutter. «Ich mache nur noch schnell etwas für Amy.» Sie ging in die Küche, und Amy schlug ihre Noten zu «Reflets d'Automne» auf.

«ZÄHLEN», hatte ihr Klavierlehrer daran geschrieben.

«ZÄHLEN und leicht, leicht...» Amy begann zu spielen. Jedesmal, wenn sie sich verspielte, sagte sie: «Verflixt noch mal!» und fing von vorne an. Mitten in den «Reflets d'Automne» traf sie der Schlag: *Sie* hatte ja die Flasche Gin leer gemacht. Ihre Betroffenheit war so heftig, daß sie aufhörte zu spielen, aber ihre Gefühle gelangten über die Betroffenheit nicht hinaus, obgleich sie nicht die

Kraft fand weiterzuspielen. Ihre Mutter entlastete sie. «Dein Essen ist in der Küche, Liebling», sagte sie. «Und du kannst dir zum Nachtisch ein Eis aus der Tiefkühltruhe nehmen. Aber nur eins.»

Marcia Lawton hielt ihrem Mann das leere Glas entgegen, der es aus dem Mixer nachfüllte. Dann ging sie nach oben. Mr. Lawton blieb im Zimmer, und Amy, die ihren Vater genau beobachtete, sah, wie die Spannung auf seinem Gesicht nachließ. Er schien nicht mehr ganz so unglücklich zu sein, und als sie auf dem Weg in die Küche an ihm vorbeiging, lächelte er sie zärtlich an und tätschelte ihr den Kopf.

Als Amy fertig war, ihr Eis gegessen und die Tüte, in der es war, zerknallt hatte, kehrte sie ans Klavier zurück und spielte eine Zeitlang «Chopsticks». Ihr Vater kam im Abendanzug nach unten, stellte sein Glas auf den Kaminsims, ging zur Glastür und sah nach draußen auf die Terrasse und den Garten. Amy sah, daß die Verwandlung, die mit der Entspannung seiner Züge begonnen hatte, weiter fortgeschritten war. Er schien nun wieder ganz glücklich zu sein. Amy fragte sich, ob er betrunken war, obgleich er sich nicht etwa unsicher bewegte. Wenn man überhaupt etwas feststellen konnte, dann daß er sich besonders sicher bewegte.

Ihre Eltern brachten es nie bis zu dem schlingernden und schwingenden Gang, den sie jedes Jahr im Zirkus bei einem Seiltänzer beobachtete – während die Kapelle «Show Me the Way to Go Home» spielte – und den sie manchmal nachzumachen versuchte. Mit Vorliebe drehte sie sich auf dem Rasen um sich selbst, bis sie, taumelnd und mit einem flauen Gefühl im Magen, «ich bin betrunken, ich bin ein Betrunkener» rief und über das Gras wankte, so, als würde sie jeden Augenblick hinfallen und keineswegs unglücklich darüber sein, für eine Weile die Welt aus den Augen verloren zu haben. Ihre Eltern hatte sie so jedoch noch nie gesehen. Noch nie hatten sie an einem Laternenpfahl gehangen, gesungen und geschwankt, aber sie waren schon hingefallen. Sie benahmen sich nie daneben – im Gegenteil, sie wurden nur noch steifer und förmlicher, wenn sie tranken –, aber manchmal stand ihr Vater auf, um die Gläser nachzufüllen, und obwohl er sehr gerade ging, schienen die Schuhe am Teppich zu kleben. Und manchmal, wenn er auf die Wohnzimmertür zuging, fand er sie nicht gleich. Einmal hatte sie ihn mit solcher Wucht gegen die Wand rennen sehen, daß er zusammenklappte und die meisten Gläser, die er trug, zerbrachen. Der eine oder andere lachte, aber das Gelächter war weder herzlich noch ansteckend, und die meisten taten so, als sei er überhaupt nicht hingefallen. Nachdem ihr Vater wieder auf die Beine gekommen war, ging er weiter zur Bar, als sei nichts passiert. Einmal hatte Amy gesehen, wie Mrs. Farquarson den Stuhl, auf den sie sich setzen wollte, verfehlte und auf den Boden plumpste, aber da lachte niemand, und alle gaben vor, Mrs. Farquarson sei gar nicht hingefallen. Sie waren wie Schauspieler in einem Stück. Bei Schulaufführungen mußte man den künstlichen Baum, den man umgeworfen hatte, wieder hinstellen, ohne die Aufmerksamkeit auf sich zu lenken, so daß die Illusion vom dichten Wald nicht zerstört wurde, und genauso verhielten *sie* sich, wenn jemand hinfiel.

Jetzt bewegte sich ihr Vater mit steifen, komischen Schritten, die so ganz anders waren als die Schritte, mit denen er morgens auf dem Bahnsteig auf und ab stampfte, und sie merkte, daß er etwas suchte. Er suchte sein Glas. Es stand auf dem Kaminsims, aber in diese Richtung blickte er nicht. Er suchte alle Tische im Wohnzimmer ab. Dann ging er hinaus auf die Terrasse und suchte dort, worauf er zurück ins Wohnzimmer kam und noch einmal die Tische absuchte. Darauf ging er zur Terrasse zurück, dann wieder an die Tische, wobei er dreimal auf die gleiche Stelle starrte, obwohl er ihr immer sagte, sie solle mit Überlegung suchen, wenn sie ihre Turnschuhe oder ihren Regenmantel nicht fand. «Such, Amy», pflegte er zu sagen, «versuch dich zu erinnern, wo du ihn gelassen hast. Ich kann dir nicht bei jedem Regenschauer einen neuen Regenmantel kaufen.» Schließlich gab er es auf und nahm für seinen Cocktail ein neues Glas. «Ich hole jetzt Mrs. Henlein», sagte er zu Amy in einem Ton, als sei es eine ganz wichtige Neuigkeit.

Das einzige Gefühl, das Amy für Mrs. Henlein aufbrachte, war das abgrundtiefer Gleichgültigkeit, und als ihr Vater mit der Kinderfrau zurückkam, dachte Amy an die Abende, die sich zu Wochen – ja, fast zu Jahren – dehnten, wenn sie zusammen mit Mrs. Henlein eingesperrt war. Mrs. Henlein war sehr höflich, sie sagte Amy stets, was eine Dame tut und was sie nicht tut. Mrs. Henlein wollte auch immer wissen, wohin Amys Eltern gingen und zu was für einer Party, obwohl es sie gar nichts anging. Sie setzte sich aufs Sofa, als gehörte ihr das Haus. Sie sprach über Leute, die ihr niemand vorgestellt hatte, und ließ sich von Amy die Zeitung bringen, obgleich sie keine Autorität war.

Als Marcia Lawton nach unten kam, wünschte ihr Mrs. Henlein einen guten Abend. «Viel Spaß auf der Party», rief sie den Lawtons nach, als sie gingen. Dann drehte sie sich zu Amy um.

«Wo gehen deine Eltern hin, mein Schatz?»

«Ich weiß nicht», gab Amy zur Antwort.

«Das mußt du doch wissen, Schatz. Streng dich an und versuch dich zu erinnern. Gehen sie in den Club?»

«Nein», erwiderte Amy.

«Ich möchte wissen, ob sie wohl zu Trenchers gehen», sagte Mrs. Henlein. «Ihr Haus war hell erleuchtet, als wir vorbeifuhren.»

«Sie gehen nicht zu Trenchers», sagte Amy. «Sie können Trenchers nicht leiden.»

«Ja, aber wo sind sie denn hingegangen, mein Schatz?» fragte Mrs. Henlein.

«Sie gehen zu Farquarsons», erwiderte Amy.

«Na siehst du, das ist alles, was ich wissen wollte, mein Schatz», sagte Mrs. Henlein. «Und jetzt hol mir die Zeitung und übergib sie mir höflich. *Höflich*», wiederholte sie, als Amy mit der Zeitung auf sie zukam. «Wenn du etwas für die Erwachsenen tust und tust es nicht höflich, brauchst du es gar nicht zu tun.» Sie setzte die Brille auf und fing an zu lesen.

Amy ging in ihr Zimmer hinauf. In einem Glas auf ihrem Tisch schwammen die japanischen Wasserblumen, die Rosemary ihr mitgebracht hatte. Sie lagen bleich in dem rosa gefärbten Wasser. Amy ging über die Hintertreppe nach unten und durch die Küche ins Eßzimmer. Die Cocktailutensilien ihres Vaters standen auf der Bar herum. Sie leerte die Ginflasche in den Küchenausguß und stellte sie wieder an ihren alten Platz. Zum Radfahren war es zu spät und zum Schlafengehen zu früh, und sie wußte schon, wenn etwas Interessantes im Fernsehen war, ein Mord zum Beispiel, dann würde Mrs. Henlein ohnehin abschalten. Da fiel ihr ein, daß ihr Vater ihr ein Buch über Pferde von seiner Reise in den Westen mitgebracht hatte, und fröhlich lief sie nach oben, um in ihrem neuen Buch zu lesen.

Es war schon nach zwei, als die Lawtons nach Hause kamen. Mrs. Henlein, die auf dem Sofa im Wohnzimmer eingeschlafen war und von einer verstaubten Mansarde träumte, wurde durch ihre Stimmen im Hausflur wach. Marcia Lawton bezahlte sie, dankte ihr und fragte, ob jemand angerufen hätte. Dann ging sie nach oben. Mr. Lawton war im Eßzimmer und klapperte mit den Flaschen. Mrs. Henlein, die in ihr Bett und weiterschlafen wollte, betete, daß er sich nicht, wie meist, noch ein Glas eingoß. Abend für Abend wurde sie von betrunkenen Herren nach Hause gefahren. Er stand in der Tür des Eßzimmers und hielt eine leere Flasche in der Hand. «Sie müssen ganz schön riechen, Mrs. Henlein», sagte er.

«Hm», machte sie. Sie verstand ihn nicht.

«Sie haben eine ganze Flasche Gin ausgetrunken», sagte er.

Die einfache alte, nur halb wache Frau raffte sich zusammen und faßte sich an den Kopf. Es paßte wohl zu ihr, daß sie streunende Katzen mit nach Hause nahm, daß sie das Badezimmer bis zur Decke mit interessanten und kostbaren Zeitungen vollstapelte, daß sie sich schminkte, Selbstgespräche führte, im Bett ihre Unterwäsche anbehielt, für den Fall, daß ein Feuer ausbrach, daß sie über den Preis von Suppenknochen in Streit geriet und in der Nachbarschaft verbreitete, sie würde beim Tod auf ihrem staubigen Müllhaufen eine Matratze voller

Sparbücher und ein Kopfkissen voller Hundertdollarscheine hinterlassen. Der Versuchung, diese Reichtümer anzugreifen, habe sie nur widerstanden, um als Dame zu erscheinen, und der Lohn war, daß sie als gemeine Diebin bezeichnet wurde. Sie begann auf ihn einzuschreien. «Das nehmen Sie zurück, Mr. Lawton! Jedes Wort von dem, was Sie da eben gesagt haben, nehmen Sie zurück! In meinem ganzen Leben habe ich nicht das Geringste gestohlen, niemand in meiner Familie hat jemals etwas gestohlen, und ich habe es nicht nötig, hier zu stehen und mich von einem betrunkenen Mann beleidigen zu lassen. Und was das Trinken angeht, in 25 Jahren habe ich nicht einen Fingerhut getrunken. Mr. Henlein nahm mich vor 25 Jahren mit in ein Lokal, und ich trank zwei Martinis, wovon mir so schlecht und schwindlig wurde, daß ich das Zeug seither nicht sehen mochte. Wie können Sie es wagen, so mit mir zu reden. Mich eine Diebin und betrunken zu nennen! Oh, Sie sind abscheulich – abscheulich, wie Sie einfach nicht zur Kenntnis nehmen, was ich alles durchgemacht habe. Wissen Sie, was ich letztes Jahr Weihnachten zu essen hatte? Ein Schinkensandwich. Hurensohn!» Sie fing an zu weinen. «Ich bin froh, daß es heraus ist!» schrie sie. «Zum erstenmal in meinem Leben habe ich ein unanständiges Wort benutzt, und ich bin froh, daß ich es gesagt habe. Hurensohn!» Ein Gefühl der Befreiung, als stünde sie am Bug eines großen Schiffes, überkam sie. «Mein ganzes Leben habe ich hier in dieser Gegend verbracht. Ich weiß noch, wie hier noch alles voller Farmersleute war und es in den Flüssen noch Fische gab. Mein Vater hatte sechs Morgen herrliches Weideland und einen Namen, der weit und breit bekannt war, und mütterlicherseits stamme ich von Gutsbesitzern ab, holländischer Adel. Meine Mutter war der Königin Wilhelmine wie aus dem Gesicht geschnitten. Sie denken, Sie können mich einfach mir nichts, dir nichts beleidigen, aber da sind Sie sehr, sehr, sehr im Irrtum.» Sie ging zum Telefon, und nachdem sie den Hörer abgenommen hatte, schrie sie: «Polizei! Polizei! Polizei! Hier ist Mrs. Henlein, und ich bin bei den Lawtons. Er ist betrunken, und er beleidigt mich. Ich möchte, daß Sie herkommen und ihn festnehmen.»

Die Stimmen weckten Amy, und im Bett liegend ahnte sie etwas von dem jämmerlichen Zustand der Erwachsenenwelt; wie grob und fadenscheinig sie war – wie ein Stück abgewetztes Sackleinen –, bis an den Rand voll mit Dummheit und Irrtümern, sinnlos und häßlich, und dennoch erkannten sie die Nichtswürdigkeit dieser Welt selbst dann nicht, wenn man sie ihnen unter die Nase rieb, sie waren sogar empört. Als die Stimmen nicht zur Ruhe kamen und sie den Ruf «Polizei! Polizei!» hörte, bekam sie es jedoch mit der Angst. Sie sah nicht ein, wieso sie sie verhaften konnten; immerhin waren ihre Fingerabdrücke auf der Flasche, aber es war nicht so sehr die Gefahr, in der sie schwebte, was ihr Angst einjagte, sondern der Zusammenbruch ihres Elternhauses mitten in der Nacht. Sie war daran schuld, und als sie ihren Vater am anderen Apparat in der Bibliothek sprechen hörte, versank sie völlig in Schuldgefühlen. Ihr Vater versuchte sanft und freundlich zu sein – oh, sie wußte, daß er nie etwas anderes sein wollte –, und als ihr der teure Bildband mit den Pferden, den er ihr aus dem Westen mitgebracht hatte, einfiel, mußte sie die Zähne zusammenbeißen, um nicht loszuheulen. Sie zog sich das Kissen über den Kopf und gestand sich zähneklappernd ein, daß sie das Haus würde verlassen müssen. Sie hatte unzählige Freundinnen noch aus der Zeit, als sie in New York lebten, oder sie konnte sich auch nachts im Park oder in einem Museum verstecken. Sie würde jedenfalls fortgehen müssen.

«Guten Morgen», sagte ihr Vater beim Frühstück. «Auf einen schönen Tag!» Beflügelt von dem schönen Wetter, von der Erinnerung an die Geschicklichkeit, mit der er Mrs. Henlein beschwichtigt und die Polizei davon abgebracht hatte zu erscheinen, vom Schlaf erfrischt und voller angenehmer Erwartung, gleich Golf spielen zu können, sprach Mr. Lawton ziemlich überschwenglich, aber die Worte erschienen Amy unangebracht und nichtssagend;

sie verdarben ihr den Appetit, und sie kauerte sich hinter ihren Teller mit Haferflocken und rührte mit dem Löffel darin herum. «Sitz gerade, Amy», sagte er. Dann fiel ihr die Nacht wieder ein, das Geschrei, ihr Vorsatz, fortzugehen. Seine Beschwingtheit rief die Erinnerung in ihr wach. Ihr Entschluß stand fest. Um zehn hatte sie Ballettstunde, und zum Mittagessen war sie mit Lillian Towele verabredet. Gleich danach würde sie aufbrechen.

Kinder nehmen auf eine Seereise eine Zahnbürste und einen Teddybär mit; für eine Reise um die Welt versehen sie sich mit einem Paar bunter Socken, einem Schneckenhaus und einem Thermometer; Bücher, Steine und Pfauenfedern, Schokoladenriegel, Tennisbälle, schmutzige Taschentücher und alte Bindfadenreste gehören in ihren Augen zur Ausrüstung, und Amy packte mit der ganzen Unüberlegtheit ihres Alters. Sie kam spät vom Lunch nach Hause, und ihr Aufbruch verzögerte sich, aber das machte ihr nichts aus. Sie konnte immer noch eine der Vorortbahnen am Spätnachmittag nehmen; einen der Züge, mit denen die Köchinnen kamen und gingen. Ihr Vater spielte Golf, und ihre Mutter war auch nicht da. Eine Aushilfe machte im Wohnzimmer sauber. Als Amy mit dem Packen fertig war, ging sie ins Badezimmer der Eltern und betätigte die Wasserspülung der Toilette. Während das Wasser rauschte, entnahm sie der Schreibtischschublade ihrer Mutter einen Zwanzigdollarschein. Darauf ging sie nach unten, verließ das Haus und ging um den Blenhollow Circle herum die Alewives Lane zum Bahnhof hinunter. Weder Gewissensbisse noch Abschiedsgefühle meldeten sich in ihrem Innern. Sie ging die Namen der Freundinnen durch, die sie in der Stadt hatte, falls sie die Nacht doch nicht in einem Museum verbringen wollte. Als sie die Tür zum Wartesaal aufstieß, stocherte Mr. Flanagan, der Stationsvorsteher, gerade in seinem Kohleofen.

«Ich möchte gern eine Fahrkarte nach New York», sagte Amy.

«Einfach oder mit Rückfahrkarte?»

«Einfach, bitte.»

Mr. Flanagan ging durch die Tür hinter den Fahrkartenschalter und öffnete die Glasscheibe.

«Ich habe, glaube ich, gar keine Karte zum halben Preis für dich da, Amy», sagte er. «Ich muß dir erst eine ausstellen.»

«Ja, ist gut», erwiderte sie. Sie legte den Zwanzigdollarschein auf den Zahlteller.

«Und um den zu wechseln», sagte er, «muß ich erst auf die andere Seite. Der Vier-Zweiunddreißiger kommt gerade, aber den Zug um fünf Uhr zehn bekommst du noch.»

Sie machte keinen Einwand, sondern ging hin und setzte sich neben ihren Pappkoffer, der voller Hotelschilder und Städtenamen aus Europa war. Als der Zug abgefertigt war, schloß Mr. Flanagan die Glasscheibe und ging über die Fußgängerbrücke zum Bahnsteig der Züge in nördlicher Richtung und rief die Lawtons an. Mr. Lawton war eben nach Hause gekommen und mixte sich gerade einen Cocktail. «Ich habe das Gefühl, daß Ihre Tochter so etwas wie eine Reise zu unternehmen gedenkt», sagte Mr. Flanagan.

Es wurde schon dunkel, als Mr. Lawton zum Bahnhof kam. Er sah seine Tochter durch die Scheiben der Bahnhofshalle. Das Mädchen, das da auf der Bank saß, mit den hochtrabenden Namen auf ihrem Koffer, berührte ihn, als verfüge sie über eine Macht, die ihn nur berührte, wenn sie hilflos erschien oder sehr krank war. Etwas ging in ihm vor. Ihn schauerte vor Sehnsucht, er fühlte, wie sich seine Haut zusammenzog. Es war, als wenn er spät und allein nach Hause fuhr, ein Blätterschauer im Wind vor seinen Scheinwerfern auftauchte und ihn einen Augenblick lang wenigstens von den sinnfälligsten Symbolen seines Lebens befreite – den knopflosen Hemden, den Belegen und Kontoauszügen, den Bankanweisungen und den leeren Gläsern. Er schien zu lauschen – Gott weiß, auf was. Auf Befehle, Trommeln, das Geprassel von Signalraketen, die Musik eines Glockenspiels – wie lieblich es in der Alpenluft klingt –, den Gesang aus einer Weinstube, an der man vorüberkam, das Schreien wilder Schwäne; er schien die salzige Luft aus den Kirchen Venedigs zu riechen. Dann, genau wie bei den Blättern, endete ihre Macht, ihn zu beunruhigen; seine Gänsehaut verschwand. Er war wieder ganz er selbst. Mein Gott, warum sollte sie ausrücken wollen? Reisen – und wer wußte das besser als jemand, der von vierzehn Tagen drei unterwegs war? –, das war eine Welt überheizter Flugkabinen und immer gleicher Zeitschriften, wo sogar der Kaffee, ja der Sekt nach Plastik schmeckte. Wie konnte er ihr nur beibringen, daß es zu Hause, im gemütlichen Heim, am schönsten war?

50 JAHRE ROWOHLT ROTATIONS ROMANE

50 Taschenbücher im Jubiläumsformat
Einmalige Ausgabe

Paul Auster, *Schlagschatten*
Simone de Beauvoir, *Ein sanfter Tod*
Pinckney Benedict, *Der Tag, an dem ich Moon rausholte*
Tania Blixen, *Stürme*
Wolfgang Borchert, *Die Hundeblume*
Paul Bowles, *Die leichte Beute*
Richard Brautigan, *Wir brauchen mehr Gärten*
Rolf Dieter Brinkmann, *Guten Tag wie geht es so*
Harold Brodkey, *Eine nahezu klassische Story*
Albert Camus, *Der Abtrünnige*
Truman Capote, *Die Stimme aus der Wolke*
John Cheever, *Im Schatten der Ginflasche*
Roald Dahl, *Gelée Royale*
Friedrich Christian Delius, *Die Birnen von Ribbeck*
Irene Dische, *Mr. Lustgarten verliebt sich*
Deborah Eisenberg, *Wie es mit Chris war*
Carlos Fuentes, *Die Puppenprinzessin*
Elke Heidenreich, *Kleine Reise*
Ernest Hemingway, *Das kurze glückliche Leben des Francis Macomber*
James Herriot, *Tricky Woo*
Mascha Kaléko, *Großstadtliebe*
Elsa Sophia von Kamphoevener, *Ali, der Meisterdieb*
Jack Kerouac, *Allein auf einem Berggipfel*
William Kotzwinkle, *Brief an einen Schwan*

50 JAHRE ROWOHLT ROTATIONS ROMANE

Helmut Krausser, *Das Liebesleben des Giacomo Müller*
Kathy Lette, *Er kommt um sieben*
Malcolm Lowry, *Hotelzimmer in Chartres*
Klaus Mann, *April, nutzlos vertan*
Henry Miller, *Das kleine Buch der Freunde*
Lorrie Moore, *Zwei Männer*
Paul Morand, *Amouren*
Alberto Moravia, *Ist er nicht reizend?*
Milena Moser, *Der junge Mann von gegenüber*
Harry Mulisch, *Das Standbild und die Uhr*
Robert Musil, *Allerhand Fragliches*
Vladimir Nabokov, *Der Zauberer*
Anaïs Nin, *Pfauenfedern*
Beth Nugent, *Heuschrecken*
Dorothy Parker, *Eine starke Blondine*
Rosamunde Pilcher, *Der Brombeertag*
Edgar Allan Poe, *Die schwarze Katze*
Thomas Pynchon, *Unter dem Siegel*
Philip Roth, *Das Lied verrät nicht seinen Mann*
Peter Rühmkorf, *Die Last, die Lust und die List*
Jean-Paul Sartre, *Briefe an Simone de Beauvoir 1926–1935*
Isaac Bashevis Singer, Der seidene Kaftan
Italo Svevo, *Mein Müßiggang*
Kurt Tucholsky, *Die Unterwelt der Gefühle*
John Updike, *Museen und Musen*
Joy Williams, *Die blauen Männer*

Programmänderungen vorbehalten